Herbert West: Reanimator and Other Experiments
Herbert West, reanimador y otros experimentos

H.P. Lovecraft

Herbert West: Reanimator and Other Experiments

Herbert West, reanimador y otros experimentos

Texto paralelo bilingüe
Bilingual edition

Inglés - Español
English - Spanish

texto en español, traducido del inglés por Magdalena De la Riva

ROSETTA EDU

Título original: *Herbert West: Reanimator and Other Experiments*

Primera publicación:
«Herbert West — Reanimator», 1922
«The Alchemist», 1916
«The Cats of Ulthar», 1926
«The Other Gods», 1933
«The Book», 1938
«The Beast in the Cave», 1918
«The White Ape», 1924

Rosetta Edu Ltd.
© 2025 para la traducción al español: Magdalena De la Riva.

Primera edición: Noviembre 2025

Publicado por Rosetta Edu
Londres, noviembre 2025
www.rosettaedu.com

ISBN: 978-1-83647-146-2

INDICE

HERBERT WEST: REANIMATOR

I. FROM THE DARK

Of Herbert West, who was my friend in college and in after life, I can speak only with extreme terror. This terror is not due altogether to the sinister manner of his recent disappearance, but was engendered by the whole nature of his life-work, and first gained its acute form more than seventeen years ago, when we were in the third year of our course at the Miskatonic University Medical School in Arkham. While he was with me, the wonder and diabolism of his experiments fascinated me utterly, and I was his closest companion. Now that he is gone and the spell is broken, the actual fear is greater. Memories and possibilities are ever more hideous than realities.

The first horrible incident of our acquaintance was the greatest shock I ever experienced, and it is only with reluctance that I repeat it. As I have said, it happened when we were in the medical school, where West had already made himself notorious through his wild theories on the nature of death and the possibility of overcoming it artificially. His views, which were widely ridiculed by the faculty and his fellow-students, hinged on the essentially mechanistic nature of life; and concerned means for operating the organic machinery of mankind by calculated chemical action after the failure of natural processes. In his experiments with various animating solutions he had killed and treated immense numbers of rabbits, guinea-pigs, cats, dogs, and monkeys, till he had become the prime nuisance of the college. Several times he had actually obtained signs of life in animals supposedly dead; in many cases violent signs; but he soon saw that the perfection of this process, if indeed possible, would necessarily involve a lifetime of research. It likewise became clear that, since the same solution never worked alike on different organic species, he would require human subjects for further and more specialised progress. It was here that he first came into conflict with the college authorities, and was debarred from future experiments by no less a dignitary than the dean of the medical school himself—the learned and benevolent Dr. Allan Halsey, whose work in behalf of the stricken is recalled by every old resident of Arkham.

HERBERT WEST, REANIMADOR

I. DESDE LA OSCURIDAD

Solo puedo hablar de Herbert West, quien fue mi amigo a partir de nuestros años universitarios, con un gran temor. Este temor no se debe solo a la siniestra forma en la que desapareció recientemente, sino que surgió por la naturaleza general del trabajo de toda su vida, y adquirió su punto más álgido hace más de diecisiete años, cuando estábamos cursando nuestro tercer año en la facultad de medicina de la Universidad de Miskatonic en Arkham. Cuando estaba a su lado, quedaba totalmente fascinado por lo maravilloso y diabólico de sus experimentos, y me convertí en su compañero más cercano. Ahora que desapareció y el hechizó se rompió, el miedo que siento es aún mayor. Los recuerdos y las posibilidades que crea son incluso peores que la realidad.

El primer terrible incidente que protagonizó nuestro amigo me trajo el disgusto más grande que sentí en mi vida, y lo relataré a pesar de mi propia resistencia. Como dije, sucedió cuando cursábamos en la facultad de medicina, lugar en donde West ya se había hecho conocido por sus descabelladas teorías sobre la naturaleza de la muerte y la posibilidad de superarla mediante métodos artificiales. Sus ideas, de las cuales se burlaban ampliamente nuestros docentes y compañeros, giraban alrededor de la naturaleza esencialmente mecánica de la vida; e involucraban métodos para operar la maquinaria orgánica de la humanidad a través de reacciones químicas calculadas luego de que finalizaran los procesos naturales del cuerpo. En sus experimentos con diversas soluciones de reanimación había asesinado y tratado a una inmensa cantidad de conejos, conejillos de indias, gatos, perros y monos, hasta que terminó por convertirse en el mayor fastidio de la universidad. En varias ocasiones había encontrado signos vitales en animales que parecían estar muertos; en muchos de estos casos, eran signos violentos; pero pronto notó que para alcanzar la perfección del proceso, si es que tal cosa era posible, necesitaría pasar su vida entera investigándolo. Similarmente, era evidente que, debido a que los resultados que arrojaba la misma solución química que utilizaba eran distintos en las diferentes especies orgánicas con las que experimentaba, necesitaría usar humanos como sujetos de prueba en sus experimentos, para seguir progresando y hacerlo de una forma más especializada. Fue entonces que entró en conflicto con las autoridades de la universidad por primera vez,

I had always been exceptionally tolerant of West's pursuits, and we frequently discussed his theories, whose ramifications and corollaries were almost infinite. Holding with Haeckel that all life is a chemical and physical process, and that the so-called "soul" is a myth, my friend believed that artificial reanimation of the dead can depend only on the condition of the tissues; and that unless actual decomposition has set in, a corpse fully equipped with organs may with suitable measures be set going again in the peculiar fashion known as life. That the psychic or intellectual life might be impaired by the slight deterioration of sensitive brain-cells which even a short period of death would be apt to cause, West fully realised. It had at first been his hope to find a reagent which would restore vitality before the actual advent of death, and only repeated failures on animals had shewn him that the natural and artificial life-motions were incompatible. He then sought extreme freshness in his specimens, injecting his solutions into the blood immediately after the extinction of life. It was this circumstance which made the professors so carelessly sceptical, for they felt that true death had not occurred in any case. They did not stop to view the matter closely and reasoningly.

It was not long after the faculty had interdicted his work that West confided to me his resolution to get fresh human bodies in some manner, and continue in secret the experiments he could no longer perform openly. To hear him discussing ways and means was rather ghastly, for at the college we had never procured anatomical specimens ourselves. Whenever the morgue proved inadequate, two local negroes attended to this matter, and they were seldom questioned. West was then a small, slender, spectacled youth with delicate features, yellow hair, pale blue eyes, and a soft voice, and it was uncanny to hear him dwelling on the relative merits of Christchurch Cemetery and the potter's field. We finally decided on the potter's field, because practically every body in Christchurch was embalmed; a thing of course ruinous to West's researches.

y quien le prohibió seguir con sus experimentos fue un dignatario, el mismísimo decano de la facultad de medicina: el sabio y benevolente doctor Allan Halsey, cuyo trabajo para ayudar a los enfermos es recordado por todo viejo residente de Arkham.

Yo siempre había sido excepcionalmente tolerante con las actividades de West, y con frecuencia discutíamos sus teorías, cuyas ramificaciones e inferencias eran casi infinitas. Coincidiendo con la idea de Haeckel de que la vida es un proceso químico y físico, y que la susodicha «alma» es un mito, mi amigo creía que la reanimación artificial de los muertos dependía únicamente de la condición en la que se encontraban los tejidos; y que a menos que se encontrara en estado de descomposición, un cadáver que contaba con todos sus órganos podría, al tomar las medidas adecuadas, volver a aquella peculiar tendencia que es la vida. West sabía perfectamente que la vida psíquica o intelectual podría dañarse por el deterioro de las neuronas sensibles que podría desencadenar incluso un corto período de tiempo estando muerto. Al principio, había anhelado encontrar un reactivo que restaurara la vitalidad antes de que la muerte se asentara, y solo sus repetidos fracasos con animales le habían demostrado que los mecanismos naturales y artificiales de la vida eran incompatibles. Entonces empezó a buscar especímenes extremadamente frescos y les inyectaba sus soluciones inmediatamente después de que su vida se apagara. Era esta condición la que hacía que los profesores lo viesen con un escepticismo tan negligente, puesto que sentían que la verdadera muerte no había ocurrido en ningún caso. No se molestaron en vigilarlo con atención y lógica.

Poco después de que los docentes prohibieran su trabajo, West me confesó su decisión de conseguir cuerpos humanos de alguna forma, y de continuar en secreto con los experimentos que ya no podría realizar públicamente. Era bastante horripilante escucharlo evaluar formas y métodos para conseguirlos, puesto que en la universidad jamás habíamos conseguido nuestros propios especímenes anatómicos. Cuando la morgue no nos servía, dos negros de la localidad cumplían su función, y rara vez se los cuestionaba. En esa época, West era un joven de baja estatura, delgado y de gafas con rasgos delicados, cabello rubio, ojos celestes y una voz suave, y era extraño escucharlo comparar las ventajas relativas del Cementerio Christchurch y la fosa común local. Finalmente nos decidimos por la fosa común, porque prácticamente todos los cuerpos que descansaban en Christchurch habían sido embalsamados;

I was by this time his active and enthralled assistant, and helped him make all his decisions, not only concerning the source of bodies but concerning a suitable place for our loathsome work. It was I who thought of the deserted Chapman farmhouse beyond Meadow Hill, where we fitted up on the ground floor an operating room and a laboratory, each with dark curtains to conceal our midnight doings. The place was far from any road, and in sight of no other house, yet precautions were none the less necessary; since rumours of strange lights, started by chance nocturnal roamers, would soon bring disaster on our enterprise. It was agreed to call the whole thing a chemical laboratory if discovery should occur. Gradually we equipped our sinister haunt of science with materials either purchased in Boston or quietly borrowed from the college—materials carefully made unrecognisable save to expert eyes—and provided spades and picks for the many burials we should have to make in the cellar. At the college we used an incinerator, but the apparatus was too costly for our unauthorised laboratory. Bodies were always a nuisance—even the small guinea-pig bodies from the slight clandestine experiments in West's room at the boarding-house.

We followed the local death-notices like ghouls, for our specimens demanded particular qualities. What we wanted were corpses interred soon after death and without artificial preservation; preferably free from malforming disease, and certainly with all organs present. Accident victims were our best hope. Not for many weeks did we hear of anything suitable; though we talked with morgue and hospital authorities, ostensibly in the college's interest, as often as we could without exciting suspicion. We found that the college had first choice in every case, so that it might be necessary to remain in Arkham during the summer, when only the limited summer-school classes were held. In the end, though, luck favoured us; for one day we heard of an almost ideal case in the potter's field; a brawny young workman drowned only the morning before in Sumner's Pond, and buried at the town's expense without delay or embalming. That afternoon we found the new grave, and determined to begin work soon

cosa que iba contra los experimentos de West.

Para este punto yo era su asistente activo y emocionado, y lo ayudaba a tomar todas las decisiones, no solo las que estaban relacionadas al lugar del cual sacaríamos los cuerpos, sino también las que debatían en qué lugar sería apropiado llevar a cabo nuestro detestable trabajo. A mí se me ocurrió la desierta granja Chapman que estaba pasando Meadow Hill. Allí, instalamos una sala de operaciones y un laboratorio en la planta baja, y ambos eran cubiertos por cortinas negras que ocultaban las actividades que llevábamos a cabo a medianoche. El lugar estaba alejado de cualquier calle y no se veía desde ninguna casa, sin embargo, no por ello sobraban las precauciones; los rumores de luces extrañas, empezados por merodeadores nocturnos casuales, podrían llevar nuestro proyecto a la ruina. Acordamos decir que era un laboratorio químico si nos descubrían. Gradualmente suministramos nuestra siniestra búsqueda científica con materiales que habíamos comprado en Boston o que habíamos sacado sigilosamente de la universidad, los cuales solo expertos podrían reconocer, y conseguimos palas y picos para los muchos entierros que realizaríamos en el sótano. En la universidad, utilizábamos un incinerador, pero era una máquina demasiado costosa para nuestro laboratorio clandestino. Los cadáveres siempre eran una molestia, incluso los pequeños cuerpos de conejillos de indias de los experimentos algo furtivos que se realizaban en la habitación de West de la pensión de la universidad.

Seguíamos la pista de los avisos fúnebres locales como si fuésemos la parca, puesto que nuestros especímenes debían tener cualidades peculiares. Queríamos cadáveres enterrados poco después de morir y sin ningún método de conservación artificial; preferiblemente sin enfermedades que ocasionaran malformaciones, y ciertamente que contaran con todos sus órganos. Nuestra mejor oportunidad era una víctima de un accidente. Por varias semanas, no nos topamos con ningún caso idóneo; a pesar de que hablamos con las autoridades de la morgue y el hospital lo más seguido que podíamos sin levantar sospechas, supuestamente en nombre de la universidad. Encontramos que la universidad siempre era la primera opción en estos casos, por lo cual sería necesario quedarnos en Arkham por el verano, cuando solo se dictaban los cursos de verano. Al final, la suerte nos sonrió; un día nos enteramos de un caso casi ideal ubicado en la fosa común; un joven y musculoso trabajador que se había ahogado la mañana anterior en Sumner's Pond,

after midnight.

It was a repulsive task that we undertook in the black small hours, even though we lacked at that time the special horror of graveyards which later experiences brought to us. We carried spades and oil dark lanterns, for although electric torches were then manufactured, they were not as satisfactory as the tungsten contrivances of today. The process of unearthing was slow and sordid—it might have been gruesomely poetical if we had been artists instead of scientists—and we were glad when our spades struck wood. When the pine box was fully uncovered West scrambled down and removed the lid, dragging out and propping up the contents. I reached down and hauled the contents out of the grave, and then both toiled hard to restore the spot to its former appearance. The affair made us rather nervous, especially the stiff form and vacant face of our first trophy, but we managed to remove all traces of our visit. When we had patted down the last shovelful of earth we put the specimen in a canvas sack and set out for the old Chapman place beyond Meadow Hill.

On an improvised dissecting-table in the old farmhouse, by the light of a powerful acetylene lamp, the specimen was not very spectral looking. It had been a sturdy and apparently unimaginative youth of wholesome plebeian type—large-framed, grey-eyed, and brown-haired—a sound animal without psychological subtleties, and probably having vital processes of the simplest and healthiest sort. Now, with the eyes closed, it looked more asleep than dead; though the expert test of my friend soon left no doubt on that score. We had at last what West had always longed for—a real dead man of the ideal kind, ready for the solution as prepared according to the most careful calculations and theories for human use. The tension on our part became very great. We knew that there was scarcely a chance for anything like complete success, and could not avoid hideous fears at possible grotesque results of partial animation. Especially were we apprehensive concerning the mind and impulses of the creature, since in the space following death some of the more delicate cerebral cells might well have suffered deterioration. I, myself, still held some

y que había sido enterrado a expensas de la ciudad sin atraso ni embalsamamiento. Esa misma tarde encontramos la nueva tumba, y nos decidimos a empezar a trabajar poco después de la medianoche.

Era una tarea repulsiva que realizamos durante la oscura madrugada, a pesar de que en esa época no contábamos con el terror a los cementerios que nos ocasionaron experiencias futuras. Llevábamos palas y oscuras lámparas de aceite, puesto que, aunque ya existían las linternas eléctricas para aquel entonces, no eran tan útiles como los artilugios de tungsteno de la actualidad. El proceso del desentierro fue lento y sórdido —habría sido terroríficamente poético si hubiésemos sido artistas en lugar de científicos—, y nos alegramos cuando nuestras palas tocaron madera. Cuando conseguimos extraer la caja de pino en su totalidad, West se agachó rápidamente y removió la tapa, y procedió a extraer y levantar su contenido. Me estiré hacia él y lo saqué de su tumba, y luego nos esforzamos para hacer que el lugar pareciese intacto. Nuestra aventura nos puso nerviosos, especialmente dada la rigidez y la expresión vacía de nuestra primera víctima, pero logramos no dejar ni un rastro de nuestra visita. Cuando terminamos de aplastar el último montón de tierra que cargamos en nuestras palas, pusimos al espécimen en una bolsa de tela y partimos hacia la vieja granja Chapman que estaba pasando Meadow Hill.

En una mesa de disección improvisada en la vieja granja, bajo la luz de una poderosa lámpara de carburo, el espécimen no parecía tan espectral. Había sido un sano joven de clase baja, robusto y aparentemente de poca imaginación —corpulento, de ojos grises y cabello castaño—, un animal sensato sin sutilezas psicológicas, y posiblemente con procesos vitales de lo más simples y saludables. Ahora, con los ojos cerrados, parecía más dormido que muerto; aunque los expertos análisis de mi amigo no tardaron en sacarnos toda duda en lo que a ello respectaba. Por fin habíamos conseguido aquello que West siempre había anhelado: un verdadero muerto ideal, listo para la solución que había sido preparada siguiendo las teorías y cálculos elaborados con el mayor cuidado para su uso en humanos. Comenzamos a sentir una tensión muy fuerte. Sabíamos que la probabilidad de tener un éxito rotundo era muy remota, y no podíamos evitar sentir un miedo horroroso ante los posibles grotescos resultados que podría arrojar la reanimación parcial. Especialmente dudábamos sobre la mente y los impulsos de la criatura, puesto que, en los instantes que seguían a la muerte, algunas de las neuronas

curious notions about the traditional "soul" of man, and felt an awe at the secrets that might be told by one returning from the dead. I wondered what sights this placid youth might have seen in inaccessible spheres, and what he could relate if fully restored to life. But my wonder was not overwhelming, since for the most part I shared the materialism of my friend. He was calmer than I as he forced a large quantity of his fluid into a vein of the body's arm, immediately binding the incision securely.

The waiting was gruesome, but West never faltered. Every now and then he applied his stethoscope to the specimen, and bore the negative results philosophically. After about three-quarters of an hour without the least sign of life he disappointedly pronounced the solution inadequate, but determined to make the most of his opportunity and try one change in the formula before disposing of his ghastly prize. We had that afternoon dug a grave in the cellar, and would have to fill it by dawn—for although we had fixed a lock on the house we wished to shun even the remotest risk of a ghoulish discovery. Besides, the body would not be even approximately fresh the next night. So taking the solitary acetylene lamp into the adjacent laboratory, we left our silent guest on the slab in the dark, and bent every energy to the mixing of a new solution; the weighing and measuring supervised by West with an almost fanatical care.

The awful event was very sudden, and wholly unexpected. I was pouring something from one test-tube to another, and West was busy over the alcohol blast-lamp which had to answer for a Bunsen burner in this gasless edifice, when from the pitch-black room we had left there burst the most appalling and daemoniac succession of cries that either of us had ever heard. Not more unutterable could have been the chaos of hellish sound if the pit itself had opened to release the agony of the damned, for in one inconceivable cacophony was centred all the supernal terror and unnatural despair of animate nature. Human it could not have been—it is not in man to make such sounds—and without a thought of our late employment or its possible discovery both West and I leaped to the nearest window like stricken animals; overturning tubes, lamp, and retorts, and vaulting

más delicadas bien podrían haberse deteriorado. Yo mismo todavía tenía ciertas ideas curiosas sobre el «alma» tradicional de los hombres, y me fascinaba la idea de los secretos que podría llegar a revelar sobre ella alguien que regresaba de la muerte. Me preguntaba qué podría haber visto este plácido joven en aquellas regiones que para nosotros eran inaccesibles y qué podría contarnos si revivía completamente. Pero mis preguntas no me abrumaban, puesto que, en gran parte, yo compartía el materialismo que sentía mi amigo. Él se encontraba mucho más tranquilo que yo mientras introducía una gran cantidad de fluido al brazo del cadáver e inmediatamente cerraba la incisión con fuerza.

La espera fue abrumadora, pero West nunca perdió la esperanza. Cada tanto, presionaba su estetoscopio contra el espécimen, y aceptaba cada resultado negativo filosóficamente. Luego de pasar tres cuartos de hora sin el más mínimo signo de vida, anunció que la solución no había sido adecuada, pero dictaminó que aprovecharía la oportunidad y probaría un cambio en la fórmula antes de deshacerse de su horripilante víctima. Esa tarde, habíamos cavado una tumba en el sótano y tendríamos que llenarla para el amanecer, puesto que, aunque habíamos cerrado la casa con llave, queríamos evitar hasta el más remoto riesgo de ser descubiertos. Además, el cadáver no habría estado para nada fresco la noche siguiente. Así que llevamos nuestra solitaria lámpara de carburo hacia el laboratorio contiguo, abandonamos a nuestro silencioso invitado en la mesa que yacía en la oscuridad, y concentramos nuestro esfuerzo en mezclar una nueva solución; West supervisó su peso y medición con un cuidado que casi resultaba fanático.

El terrible incidente fue muy repentino y completamente inesperado. Yo estaba pasando algo de un tubo de ensayo a otro, y West estaba ocupado con el mechero de alcohol que funcionaba como reemplazo de un mechero Bunsen en aquella construcción que carecía de gas, cuando, desde la habitación oscura que habíamos abandonado, estalló una serie de gritos que eran de los más temibles y demoníacos que jamás habíamos oído. Ni abriéndose un pozo al infierno que liberara la agonía de los condenados hubiese resultado más espantoso aquel caos lleno de sonidos infernales, puesto que en una única e inconcebible cacofonía se unía todo el terror sobrenatural y la desesperación antinatural de la naturaleza viva. No podía ser un sonido humano —ningún hombre podría producir tales sonidos—. Sin pensar en nuestro trabajo hecho tan tarde ni en que fuese descubierto, West y yo saltamos hacia la ventana más

madly into the starred abyss of the rural night. I think we screamed ourselves as we stumbled frantically toward the town, though as we reached the outskirts we put on a semblance of restraint—just enough to seem like belated revellers staggering home from a debauch.

We did not separate, but managed to get to West's room, where we whispered with the gas up until dawn. By then we had calmed ourselves a little with rational theories and plans for investigation, so that we could sleep through the day—classes being disregarded. But that evening two items in the paper, wholly unrelated, made it again impossible for us to sleep. The old deserted Chapman house had inexplicably burned to an amorphous heap of ashes; that we could understand because of the upset lamp. Also, an attempt had been made to disturb a new grave in the potter's field, as if by futile and spadeless clawing at the earth. That we could not understand, for we had patted down the mould very carefully.

And for seventeen years after that West would look frequently over his shoulder, and complain of fancied footsteps behind him. Now he has disappeared.

cercana como si fuésemos animales aterrados; volcamos nuestros tubos de ensayo, nuestras lámparas y nuestras retortas, y nos arrojamos enloquecidamente hacia el abismo estrellado de la noche rural. Creo que también gritamos mientras nos tambaleábamos desesperadamente rumbo a la ciudad, aunque cuando llegamos a sus afueras empezamos a contenernos, al menos lo suficiente como para parecer fiesteros nocturnos que regresaban a casa luego de que terminara una juerga.

No nos separamos, sino que conseguimos llegar a la habitación de West, donde hablamos en susurros a la luz de una lámpara de gas hasta el amanecer. Para ese entonces, nos habíamos calmado un poco con teorías racionales y planes de investigar, por lo cual dormimos durante el día, olvidándonos de nuestras clases. Pero esa noche, dos artículos en el periódico, que no guardaban relación alguna entre sí, nos volvieron a dejar sin dormir. La vieja y desierta granja Chapman se había quemado hasta reducirse a una pila amorfa de cenizas sin explicación alguna; eso lo atribuímos a la lámpara que habíamos volteado. Además, se había intentado abrir una tumba reciente en la fosa común, y parecía haberse intentado sin una pala y de forma inútil, arañando la tierra. Eso nos resultaba incomprensible, pues habíamos alisado el montón de tierra con golpes cuidadosos.

West pasó los próximos diecisiete años mirando constantemente a sus espaldas y quejándose de pisadas imaginarias que lo seguían. Y ahora ha desaparecido.

II. THE PLAGUE-DAEMON

I shall never forget that hideous summer sixteen years ago, when like a noxious afrite from the halls of Eblis typhoid stalked leeringly through Arkham. It is by that satanic scourge that most recall the year, for truly terror brooded with bat-wings over the piles of coffins in the tombs of Christchurch Cemetery; yet for me there is a greater horror in that time—a horror known to me alone now that Herbert West has disappeared.

West and I were doing post-graduate work in summer classes at the medical school of Miskatonic University, and my friend had attained a wide notoriety because of his experiments leading toward the re-vivification of the dead. After the scientific slaughter of uncounted small animals the freakish work had ostensibly stopped by order of our sceptical dean, Dr. Allan Halsey; though West had continued to perform certain secret tests in his dingy boarding-house room, and had on one terrible and unforgettable occasion taken a human body from its grave in the potter's field to a deserted farmhouse beyond Meadow Hill.

I was with him on that odious occasion, and saw him inject into the still veins the elixir which he thought would to some extent restore life's chemical and physical processes. It had ended horribly—in a delirium of fear which we gradually came to attribute to our own over-wrought nerves—and West had never afterward been able to shake off a maddening sensation of being haunted and hunted. The body had not been quite fresh enough; it is obvious that to restore normal mental attributes a body must be very fresh indeed; and a burning of the old house had prevented us from burying the thing. It would have been better if we could have known it was underground.

After that experience West had dropped his researches for some time; but as the zeal of the born scientist slowly returned, he again became importunate with the college faculty, pleading for the use of the dissecting-room and of fresh human specimens for the work he regarded as so overwhelmingly important. His pleas, however, were wholly in vain; for the decision of Dr. Halsey was inflexible, and the

II. EL DEMONIO DE LA PESTE

Nunca olvidaré ese horroroso verano dieciséis años atrás, cuando, como un ifrit maligno enviado desde los recovecos de Iblís, la fiebre tifoidea acechaba cruelmente en Arkham. Este flagelo satánico es la mayor razón por la cual recuerdo el año, puesto que el temor gestado con alas de murciélago se cernía sobre montañas de ataúdes en las tumbas del Cementerio Christchurch; sin embargo, para mí existía un terror aún mayor en aquella época, uno que solo conozco yo ahora que Herbert West ha desaparecido.

West y yo trabajábamos en las cursos de verano luego de graduarnos en la facultad de medicina de la Universidad de Miskatonic, y mi amigo se había hecho bastante conocido por sus experimentos que conducían a revivir a los muertos. Luego de sacrificar en nombre de la ciencia a incontables animales pequeños, su espeluznante trabajo había sido detenido por orden de nuestro escéptico decano, el doctor Allan Halsey; aunque West siguió realizando ciertos experimentos secretos en su sombría habitación de la pensión universitaria y, en una ocasión terrible e inolvidable, había robado un cadáver de su lugar de descanso en la fosa común y lo llevó a una granja desierta pasando Meadow Hill.

Yo lo acompañaba aquella aborrecible ocasión, y lo vi inyectar en esas quietas venas el elixir que él creía que restauraría en cierta medida los procesos químicos y físicos de la vida. Había tenido un final terrible —un temible delirio que, gradualmente, terminamos por atribuir a nuestros nervios de punta— y West no pudo deshacerse de una desesperante sensación de que estaba siendo acechado y atormentado después de aquel evento. El cuerpo no había estado lo suficientemente fresco; es obvio que para restaurar las capacidades mentales normales, un cuerpo debe estar muy fresco y, como la vieja casa se había quemado, no pudimos enterrarlo. Habría sido mejor si hubiésemos tenido la certeza de que estaba bajo tierra.

West abandonó sus investigaciones por un tiempo luego de aquella experiencia, pero al regresar lentamente a su fervor de científico nato, volvió a insistir a nuestros docentes y a rogarles la utilización de la sala de disección y especímenes humanos frescos para su trabajo, que él consideraba tan abrumadoramente importantes. Sus plegarias, sin embargo, eran completamente en vano; la decisión del doctor Halsey era

other professors all endorsed the verdict of their leader. In the radical theory of reanimation they saw nothing but the immature vagaries of a youthful enthusiast whose slight form, yellow hair, spectacled blue eyes, and soft voice gave no hint of the supernormal—almost diabolical—power of the cold brain within. I can see him now as he was then—and I shiver. He grew sterner of face, but never elderly. And now Sefton Asylum has had the mishap and West has vanished.

West clashed disagreeably with Dr. Halsey near the end of our last undergraduate term in a wordy dispute that did less credit to him than to the kindly dean in point of courtesy. He felt that he was needlessly and irrationally retarded in a supremely great work; a work which he could of course conduct to suit himself in later years, but which he wished to begin while still possessed of the exceptional facilities of the university. That the tradition-bound elders should ignore his singular results on animals, and persist in their denial of the possibility of reanimation, was inexpressibly disgusting and almost incomprehensible to a youth of West's logical temperament. Only greater maturity could help him understand the chronic mental limitations of the "professor-doctor" type—the product of generations of pathetic Puritanism; kindly, conscientious, and sometimes gentle and amiable, yet always narrow, intolerant, custom-ridden, and lacking in perspective. Age has more charity for these incomplete yet high-souled characters, whose worst real vice is timidity, and who are ultimately punished by general ridicule for their intellectual sins—sins like Ptolemaism, Calvinism, anti-Darwinism, anti-Nietzscheism, and every sort of Sabbatarianism and sumptuary legislation. West, young despite his marvellous scientific acquirements, had scant patience with good Dr. Halsey and his erudite colleagues; and nursed an increasing resentment, coupled with a desire to prove his theories to these obtuse worthies in some striking and dramatic fashion. Like most youths, he indulged in elaborate daydreams of revenge, triumph, and final magnanimous forgiveness.

And then had come the scourge, grinning and lethal, from the

inquebrantable, y los demás profesores seguían el veredicto de su líder. Ellos no veían más que caprichos inmaduros de un entusiasta joven cuya contextura diminuta, su cabello rubio, sus ojos celestes ocultos detrás de gafas y su voz suave ocultaban el poder sobrenatural —casi diabólico— que se hallaba dentro de su frío cerebro en aquella teoría sobre la reanimación. Recuerdo cómo era en aquel entonces y me da escalofríos. Su rostro se volvió más severo con el tiempo, pero jamás envejeció. Y ahora ha ocurrido aquel incidente en el Manicomio Sefton y West ha desaparecido.

West discutió amargamente con el doctor Halsey cuando nos encontrábamos cerca de nuestro último trimestre antes de graduarnos, y quedó peor parado que nuestro amable decano en el ámbito de la buena educación. Él sentía que estaba siendo irracionalmente retrasado en un trabajo extremadamente importante sin razón alguna; un trabajo que, por supuesto, podría realizar como le placiera en años futuros, pero que deseaba comenzar mientras aún contase con los excepcionales equipos de la universidad. Que aquellos ancianos encerrados en sus tradiciones ignoraran sus resultados singulares con animales, y que persistieran en negar la posibilidad de la reanimación, era inconfesablemente desagradable y casi incomprensible para un joven con el temperamento lógico de West. Solo una madurez mayor lo podría ayudar a entender las limitaciones mentales crónicas de la clase de los «profesores-doctores», quienes eran producto de generaciones de puritanismo patético; amables, meticulosos y a veces gentiles y amigables, pero que siempre eran cerrados de mente, intolerantes, obedientes de las costumbres y que carecían de perspectiva. La edad era más caritativa con aquellos personajes incompletos pero con almas inmensas, cuyo peor vicio real era la timidez, y quienes eran finalmente castigados con el ridículo general por sus pecados intelectuales, pecados como seguir las ideas ptolemaicas, el calvinismo, el anti-darwinismo, el anti-nietzcheismo, y toda clase de sabbatarianismo y ley suntuaria. West, quien era joven a pesar de sus maravillosos logros científicos, tenía poca paciencia con el buen doctor Halsey y sus colegas eruditos; y venía desarrollando un odio hacia él cada vez mayor, unido al deseo de probar sus teorías ante estos obtusos respetables de alguna manera sorprendente y dramática. Como casi todos los jóvenes, se inmiscuía en elaboradas fantasías de venganza, triunfo y una magnánima clemencia final.

Y entonces apareció el flagelo burlón y letal desde las pesadillescas

nightmare caverns of Tartarus. West and I had graduated about the time of its beginning, but had remained for additional work at the summer school, so that we were in Arkham when it broke with full daemoniac fury upon the town. Though not as yet licenced physicians, we now had our degrees, and were pressed frantically into public service as the numbers of the stricken grew. The situation was almost past management, and deaths ensued too frequently for the local undertakers fully to handle. Burials without embalming were made in rapid succession, and even the Christchurch Cemetery receiving tomb was crammed with coffins of the unembalmed dead. This circumstance was not without effect on West, who thought often of the irony of the situation—so many fresh specimens, yet none for his persecuted researches! We were frightfully overworked, and the terrific mental and nervous strain made my friend brood morbidly.

But West's gentle enemies were no less harassed with prostrating duties. College had all but closed, and every doctor of the medical faculty was helping to fight the typhoid plague. Dr. Halsey in particular had distinguished himself in sacrificing service, applying his extreme skill with whole-hearted energy to cases which many others shunned because of danger or apparent hopelessness. Before a month was over the fearless dean had become a popular hero, though he seemed unconscious of his fame as he struggled to keep from collapsing with physical fatigue and nervous exhaustion. West could not withhold admiration for the fortitude of his foe, but because of this was even more determined to prove to him the truth of his amazing doctrines. Taking advantage of the disorganisation of both college work and municipal health regulations, he managed to get a recently deceased body smuggled into the university dissecting-room one night, and in my presence injected a new modification of his solution. The thing actually opened its eyes, but only stared at the ceiling with a look of soul-petrifying horror before collapsing into an inertness from which nothing could rouse it. West said it was not fresh enough—the hot summer air does not favour corpses. That time we were almost caught before we incinerated the thing, and West doubted the advisability of repeating his daring misuse of the college laboratory.

cavernas del Tártaro. West y yo ya nos habíamos graduado para cuando comenzó, pero nos quedamos realizando trabajos adicionales en los cursos de verano; por ende, nos hallábamos en Arkham cuando el flagelo se esparció por la ciudad con una furia totalmente demoníaca. Si bien todavía no eramos doctores licenciados, ya contábamos con nuestros títulos, por lo cual nos dedicamos con fervor al servicio público mientras aumentaba la cantidad de personas enfermas. La situación era casi incontrolable, y las muertes eran demasiado comunes como para que las funerarias pudiesen encargarse de todas ellas. Se realizaron entierros sin embalsamamientos en una rápida sucesión, e incluso el osario del Cementerio Christchurch estaba abarrotado de ataúdes de muertos sin embalsamar. West no era indiferente a estas circunstancias, y a menudo pensaba lo irónica que era la situación: ¡tantos especímenes frescos y ninguno que pudiera ser utilizado para sus investigaciones reprimidas! Trabajábamos hasta más allá del cansancio, y este agotamiento mental y nervioso hundía a mi amigo en cavilaciones morbosas.

Pero los gentiles enemigos de West no estaban a salvo de labores exhaustivas. La universidad prácticamente estaba cerrada, pues todos los doctores de su cuerpo docente ayudaban en la lucha contra la epidemia de fiebre tifoidea. En particular, el doctor Halsey se había destacado en sus servicios por su sacrificio, al aplicar sus grandes habilidades con una energía incondicional para tratar casos que muchos otros habían abandonado debido al peligro que implicaban o la poca esperanza de vida que poseían. Nuestro valiente decano era considerado un héroe antes de que terminara el mes, aunque parecía ignorar su fama, puesto que estaba ocupado intentando no colapsar por la fatiga física y el cansancio nervioso. West no podía sentir admiración por la fuerza de su enemigo, sino que se sentía aún más determinado a probarle la veracidad de sus increíbles doctrinas. Una noche, aprovechándose de lo desorganizado que estaban tanto el trabajo en la universidad como las regulaciones sanitarias municipales, logró conseguir un cadáver recientemente fallecido y llevarlo a la sala de disección de la universidad de forma clandestina, y le inyectó una solución nueva frente a mí. Esa criatura realmente abrió sus ojos, pero no pudo hacer más que mirar al techo con una mirada de terror petrificante antes de quedar inmóvil una vez más, ante lo cual fue imposible hacerlo reaccionar. West dijo que no estaba lo suficientemente fresco: el aire caliente del verano no favorecía a los cadáveres. Esa vez, casi nos encuentran antes de que incineraramos a la criatura. West dudó sobre qué tan aconsejable era

The peak of the epidemic was reached in August. West and I were almost dead, and Dr. Halsey did die on the 14th. The students all attended the hasty funeral on the 15th, and bought an impressive wreath, though the latter was quite overshadowed by the tributes sent by wealthy Arkham citizens and by the municipality itself. It was almost a public affair, for the dean had surely been a public bene-factor. After the entombment we were all somewhat depressed, and spent the afternoon at the bar of the Commercial House; where West, though shaken by the death of his chief opponent, chilled the rest of us with references to his notorious theories. Most of the students went home, or to various duties, as the evening advanced; but West persuaded me to aid him in "making a night of it". West's landlady saw us arrive at his room about two in the morning, with a third man between us; and told her husband that we had all evidently dined and wined rather well.

Apparently this acidulous matron was right; for about 3 a.m. the whole house was aroused by cries coming from West's room, where when they broke down the door they found the two of us unconscious on the blood-stained carpet, beaten, scratched, and mauled, and with the broken remnants of West's bottles and instruments around us. Only an open window told what had become of our assailant, and many wondered how he himself had fared after the terrific leap from the second story to the lawn which he must have made. There were some strange garments in the room, but West upon regaining con-sciousness said they did not belong to the stranger, but were spec-imens collected for bacteriological analysis in the course of inves-tigations on the transmission of germ diseases. He ordered them burnt as soon as possible in the capacious fireplace. To the police we both declared ignorance of our late companion's identity. He was, West nervously said, a congenial stranger whom we had met at some downtown bar of uncertain location. We had all been rather jovial, and West and I did not wish to have our pugnacious companion hunt-ed down.

That same night saw the beginning of the second Arkham horror—

repetir su atrevido mal uso del laboratorio universitario.

La epidemia llegó a su punto álgido en agosto. West y yo estábamos a punto de morir, mientras que el doctor Halsey murió el 14. Todos los estudiantes acudieron a su apresurado funeral el 15 y compraron una increíble corona de flores, aunque fue superada por los tributos que enviaron los ciudadanos ricos de Arkham y la misma municipalidad. Era casi un evento público, puesto que el decano había actuado, sin dudas, a beneficio del público. Todos estábamos algo deprimidos luego del entierro, y pasamos la tarde en un bar de un edificio comercial; West, a pesar de que se sentía pasmado por la muerte de su mayor oponente, nos aterró con referencias a sus famosas teorías. Casi todos los estudiantes regresaron a sus hogares o a sus diversas laboras en el transcurso de la noche, pero West me convenció de ayudarlo a «tener una noche inolvidable». La propietaria de la habitación en la que se hospedaba West nos vio llegar a las dos de la mañana, mientras llevábamos entre nosotros a un tercer hombre; le dijo a su esposo que, evidentemente, habíamos cenado y bebido bastante bien.

Aparentemente, esta ácida mujer tenía razón; alrededor de las 3 a. m., los gritos que provenían de la habitación de West despertaron a todo el edificio. Allí, sobre la alfombra manchada de sangre, nos encontraron inconscientes a ambos cuando derribaron la puerta. Estábamos golpeados, arañados y magullados. A nuestro alrededor, yacían los restos rotos de las botellas e instrumentos de West. Una ventana abierta era la única pista que teníamos sobre el paradero de nuestro agresor, y muchos se preguntaron cómo se encontraría luego del gran salto que habría dado desde el segundo piso hasta llegar al suelo. Había ciertas ropas extrañas en la habitación, pero West, al recuperar la consciencia, declaró que no pertenecían a aquel desconocido, sino que eran especímenes que habían sido recolectados para llevar a cabo un análisis bacteriológico en el curso de unas investigaciones sobre la transmisión de las enfermedades infecciosas. Ordenó que se las quemara en su amplia chimenea lo antes posible. Ante la policía, declaramos desconocer la identidad de nuestro antiguo compañero. West, nervioso, explicó que era un agradable forastero que habíamos conocido en algún bar del centro que le era difícil localizar. Habíamos tenido una noche divertida, y ninguno de los dos deseaba que se le diera caza a nuestro agresivo compañero.

Esa misma noche se desató un segundo terror en Arkham, uno que,

the horror that to me eclipsed the plague itself. Christchurch Cemetery was the scene of a terrible killing; a watchman having been clawed to death in a manner not only too hideous for description, but raising a doubt as to the human agency of the deed. The victim had been seen alive considerably after midnight—the dawn revealed the unutterable thing. The manager of a circus at the neighbouring town of Bolton was questioned, but he swore that no beast had at any time escaped from its cage. Those who found the body noted a trail of blood leading to the receiving tomb, where a small pool of red lay on the concrete just outside the gate. A fainter trail led away toward the woods, but it soon gave out.

The next night devils danced on the roofs of Arkham, and unnatural madness howled in the wind. Through the fevered town had crept a curse which some said was greater than the plague, and which some whispered was the embodied daemon-soul of the plague itself. Eight houses were entered by a nameless thing which strewed red death in its wake—in all, seventeen maimed and shapeless remnants of bodies were left behind by the voiceless, sadistic monster that crept abroad. A few persons had half seen it in the dark, and said it was white and like a malformed ape or anthropomorphic fiend. It had not left behind quite all that it had attacked, for sometimes it had been hungry. The number it had killed was fourteen; three of the bodies had been in stricken homes and had not been alive.

On the third night frantic bands of searchers, led by the police, captured it in a house on Crane Street near the Miskatonic campus. They had organised the quest with care, keeping in touch by means of volunteer telephone stations, and when someone in the college district had reported hearing a scratching at a shuttered window, the net was quickly spread. On account of the general alarm and precautions, there were only two more victims, and the capture was effected without major casualties. The thing was finally stopped by a bullet, though not a fatal one, and was rushed to the local hospital amidst universal excitement and loathing.

para mí, era aún peor que la misma peste. El Cementerio Christchurch había sido la escena de un terrible asesinato; un guardia había sido arañado hasta la muerte de una forma que no solo era demasiado horripilante como para describirla, sino que dejaba en duda que hubiese sido llevada a cabo por un humano. La víctima había sido visto con vida mucho después de la medianoche. El amanecer reveló el suceso innombrable. El director de un circo de Bolton, la ciudad vecina, fue interrogado, pero juró que ninguna bestia había escapado de su jaula jamás. Los que encontraron el cuerpo notaron un rastro de sangre que conducía al osario, donde un charco rojo yacía sobre el concreto, justo delante de la puerta. Un rastro más fino conducía hasta el bosque, pero pronto desaparecía en su camino.

La noche siguiente, los demonios bailaron en los tejados y una locura inusual aulló en el viento de Arkham. Una maldición, que algunos decían que era peor que la peste misma, se esparció por la ciudad exaltada. Otros murmuraban que era la encarnación de su alma demoníaca. Una criatura sin nombre entró en ocho hogares de la ciudad y se encargó de sembrar una sanguinaria muerte en ellas. Aquel monstruo mudo y sádico, que seguía reptando por la ciudad, dejó diecisiete restos amorfos y desfigurados de cadáveres a su paso. Algunas personas creían haberlo avistado en la oscuridad, decían que era blanco y lo describían como un mono deforme o un monstruo antropomórfico. No había dejado enteros los restos que había abandonado, puesto que parecía haber tenido hambre en algunos momentos. Había asesinado a catorce personas; tres de ellas habían estado en hogares afectados por la peste, y habían estado muertas al momento de ser atacadas.

La tercera noche, una turba desesperada, guiada por la policía, salió en su búsqueda y lo capturó en una casa en Crane Street cerca del campus de Miskatonic. Habían organizado la búsqueda cuidadosamente, y se habían mantenido en contacto a través de una central telefónica atendida por voluntarios, y cuando alguien en el distrito de la universidad reportó que había oído arañazos detrás de una ventana con sus contraventanas cerradas, la noticia se esparció como pólvora. Debido al estado de alarma general y a las precauciones tomadas en torno a él, solo hubo dos víctimas fatales más y la captura pudo efectuarse sin más fatalidades. La criatura fue herida por una bala, pero no fue una herida fatal, y fue llevada al hospital local entre la emoción y el repudio universal.

For it had been a man. This much was clear despite the nauseous eyes, the voiceless simianism, and the daemoniac savagery. They dressed its wound and carted it to the asylum at Sefton, where it beat its head against the walls of a padded cell for sixteen years—until the recent mishap, when it escaped under circumstances that few like to mention. What had most disgusted the searchers of Arkham was the thing they noticed when the monster's face was cleaned—the mocking, unbelievable resemblance to a learned and self-sacrificing martyr who had been entombed but three days before—the late Dr. Allan Halsey, public benefactor and dean of the medical school of Miskatonic University.

To the vanished Herbert West and to me the disgust and horror were supreme. I shudder tonight as I think of it; shudder even more than I did that morning when West muttered through his bandages,

"Damn it, it wasn't *quite* fresh enough!"

Resultó ser un hombre. Eso se apreciaba claramente, a pesar de sus ojos nauseabundos, sus mudos ademanes de simio y su salvajismo demoníaco. Cubrieron su herida y lo llevaron al manicomio en Sefton, donde golpeó su cabeza contra una celda acolchada durante dieciséis años, hasta que ocurrió el incidente reciente, cuando escapó bajo circunstancias de las cuales pocos hablan. Lo que más había desagradado al grupo que lo buscaba en Arkham fue lo que notaron cuando limpiaron la cara del monstruo: el parecido increíble, que casi resultaba una burla, a un mártir sabio y abnegado que había sido enterrado tres días atrás. Se parecía al fallecido doctor Allan Halsey, el decano de la facultad de medicina de la Universidad de Miskatonic, quien tanto había actuado a beneficio del público.

El asco y el horror que sentimos el desaparecido Herbert West y yo fue magnánimo. Tiemblo mientras lo recuerdo esta noche; tiemblo incluso más que esa mañana, cuando West murmuró bajo sus vendajes:

—¡Maldita sea! ¡No estaba lo *suficientemente* fresco!

It is uncommon to fire all six shots of a revolver with great suddenness when one would probably be sufficient, but many things in the life of Herbert West were uncommon. It is, for instance, not often that a young physician leaving college is obliged to conceal the principles which guide his selection of a home and office, yet that was the case with Herbert West. When he and I obtained our degrees at the medical school of Miskatonic University, and sought to relieve our poverty by setting up as general practitioners, we took great care not to say that we chose our house because it was fairly well isolated, and as near as possible to the potter's field.

Reticence such as this is seldom without a cause, nor indeed was ours; for our requirements were those resulting from a life-work distinctly unpopular. Outwardly we were doctors only, but beneath the surface were aims of far greater and more terrible moment—for the essence of Herbert West's existence was a quest amid black and forbidden realms of the unknown, in which he hoped to uncover the secret of life and restore to perpetual animation the graveyard's cold clay. Such a quest demands strange materials, among them fresh human bodies; and in order to keep supplied with these indispensable things one must live quietly and not far from a place of informal interment.

West and I had met in college, and I had been the only one to sympathise with his hideous experiments. Gradually I had come to be his inseparable assistant, and now that we were out of college we had to keep together. It was not easy to find a good opening for two doctors in company, but finally the influence of the university secured us a practice in Bolton—a factory town near Arkham, the seat of the college. The Bolton Worsted Mills are the largest in the Miskatonic Valley, and their polyglot employees are never popular as patients with the local physicians. We chose our house with the greatest care, seizing at last on a rather run-down cottage near the end of Pond Street; five numbers from the closest neighbour, and separated from the local potter's field by only a stretch of meadow land, bisected by a narrow neck of the rather dense forest which lies to the north. The distance was greater than we wished, but we could get no nearer house without going on the other side of the field, wholly out of the factory

Disparar seis veces con un revólver de forma repentina cuando un disparo sería más que suficiente no es algo normal, pero no muchas cosas en la vida de West eran normales. Por ejemplo, no es común que un joven doctor recién graduado tenga que ocultar las razones detrás de la elección de su hogar y oficina, pero eso era lo que hacía Herbert West. Cuando ya habíamos obtenido nuestros títulos en la facultad de medicina de la Universidad de Miskatonic y buscábamos salir de nuestra pobreza estableciéndonos como médicos generales, tuvimos extremo cuidado en no decir que escogimos nuestro hogar porque estaba bastante aislado y lo más cerca posible a la fosa común.

Usualmente, este nivel de secretismo tiene sus razones, y el nuestro también; nuestros requerimientos provenían de un trabajo que no era nada popular. Aparentábamos ser simples doctores pero, bajo la superficie, teníamos objetivos mucho más grandes y temibles: la esencia de la existencia de Herbert West era una búsqueda dentro de mundos desconocidos, prohibidos y oscuros, donde esperaba algún día descubrir el secreto de la vida y reanimar los fríos cuerpos del cementerio hasta la eternidad. Esta búsqueda requería materiales extraños, entre ellos, cuerpos humanos frescos; y para poder estar abastecidos de estos objetos indispensables, se debe vivir de forma discreta y cerca de un camposanto informal.

Nos conocimos en la universidad, y yo había sido el único que empatizó con sus horrorosos experimentos. Me convertí gradualmente en su inseparable asistente, y ahora que nos habíamos graduado, teníamos que seguir unidos. No era fácil encontrar un trabajo para un dúo de doctores, pero la influencia de la universidad nos consiguió uno en Bolton, una ciudad fabril cerca de Arkham, la sede de la universidad. La fábrica de lana de Bolton era la más grande en el valle de Miskatonic, y sus empleados políglotas no eran pacientes populares entre los doctores locales. Escogimos nuestro hogar con el mayor cuidado posible, decidiéndonos por una decadente cabaña cerca del final de Pond Street; nos separaban cinco números de la dirección de nuestro vecino más cercano, y lo único que nos separaba de la fosa común era un tramo de la pradera que, a su vez, era dividido en dos por un camino angosto del denso bosque que crecía hacia el norte. La distancia era más grande de lo que deseábamos, pero no podíamos conseguir una casa más cercana

district. We were not much displeased, however, since there were no people between us and our sinister source of supplies. The walk was a trifle long, but we could haul our silent specimens undisturbed.

Our practice was surprisingly large from the very first—large enough to please most young doctors, and large enough to prove a bore and a burden to students whose real interest lay elsewhere. The mill-hands were of somewhat turbulent inclinations; and besides their many natural needs, their frequent clashes and stabbing affrays gave us plenty to do. But what actually absorbed our minds was the secret laboratory we had fitted up in the cellar—the laboratory with the long table under the electric lights, where in the small hours of the morning we often injected West's various solutions into the veins of the things we dragged from the potter's field. West was experimenting madly to find something which would start man's vital motions anew after they had been stopped by the thing we call death, but had encountered the most ghastly obstacles. The solution had to be differently compounded for different types—what would serve for guinea-pigs would not serve for human beings, and different human specimens required large modifications.

The bodies had to be exceedingly fresh, or the slight decomposition of brain tissue would render perfect reanimation impossible. Indeed, the greatest problem was to get them fresh enough—West had had horrible experiences during his secret college researches with corpses of doubtful vintage. The results of partial or imperfect animation were much more hideous than were the total failures, and we both held fearsome recollections of such things. Ever since our first daemoniac session in the deserted farmhouse on Meadow Hill in Arkham, we had felt a brooding menace; and West, though a calm, blond, blue-eyed scientific automaton in most respects, often confessed to a shuddering sensation of stealthy pursuit. He half felt that he was followed—a psychological delusion of shaken nerves, enhanced by the undeniably disturbing fact that at least one of our reanimated specimens was still alive—a frightful carnivorous thing

que no estuviese del otro lado, lejos del distrito fabril. Sin embargo, no estábamos descontentos, ya que nadie se interponía entre nosotros y la siniestra fuente de nuestros suministros. Incluso si teníamos una pequeña caminata hasta llegar a ellos, podíamos transportar a nuestros silenciosos especímenes sin que nadie nos molestara.

Sorprendentemente, nuestro equipo de trabajo obtuvo muchos miembros desde el comienzo, los suficientes como para tener entre sus filas tanto a una mayoría de doctores jóvenes satisfechos como a estudiantes con otras inclinaciones que se encontraban aburridos y molestos. Los trabajadores de la fábrica eran propensos a meterse en problemas; y, además de sus padecimientos naturales, sus frecuentes riñas y peleas con cuchillos nos daban bastante trabajo. Pero lo que realmente acaparaba nuestra atención era el laboratorio secreto que habíamos construido en el sótano. El laboratorio tenía una mesa larga iluminada por luces eléctricas, y allí, durante la madrugada, a menudo inyectábamos las diversas soluciones de West en las venas de aquellos cadáveres que habíamos arrastrado desde la fosa común. West experimentaba locamente tratandoo de encontrar algo que lograse que los signos vitales volvieran a funcionar luego de que aquello que llamamos muerte los hubiese detenido, pero se había topado con los obstáculos más horripilantes. La composición de la solución variaba en casos diferentes: lo que funcionaba en los conejillos de indias no funcionaría en cuerpos humanos, y se necesitaban grandes modificaciones en la solución en diferentes especímenes humanos.

Los cuerpos debían estar extremadamente frescos, sino la descomposición más leve en sus tejidos cerebrales haría imposible una reanimación perfecta. En efecto, el mayor problema era conseguir cuerpos que estuviesen lo suficientemente frescos: West había tenido experiencias horribles durante sus investigaciones secretas en la universidad gracias a cuerpos de dudosa antigüedad. Los resultados de la reanimación parcial o imperfecta eran mucho peores que los de los fracasos absolutos, y ambos guardábamos recuerdos espantosos de dichos sucesos. Desde nuestra primera sesión demoníaca en la granja desierta en Meadow Hill, en Arkham, los dos habíamos tenido un preocupante sentimiento de amenaza; y aunque West fuese un científico autómata rubio, de ojos celestes y de temperamento tranquilo, a menudo confesaba que tenía la escalofriante sensación de que estaba siendo perseguido en secreto. Le parecía sentir que alguien lo seguía —un delirio producido por

in a padded cell at Sefton. Then there was another—our first—whose exact fate we had never learned.

We had fair luck with specimens in Bolton—much better than in Arkham. We had not been settled a week before we got an accident victim on the very night of burial, and made it open its eyes with an amazingly rational expression before the solution failed. It had lost an arm—if it had been a perfect body we might have succeeded better. Between then and the next January we secured three more; one total failure, one case of marked muscular motion, and one rather shivery thing—it rose of itself and uttered a sound. Then came a period when luck was poor; interments fell off, and those that did occur were of specimens either too diseased or too maimed for use. We kept track of all the deaths and their circumstances with systematic care.

One March night, however, we unexpectedly obtained a specimen which did not come from the potter's field. In Bolton the prevailing spirit of Puritanism had outlawed the sport of boxing—with the usual result. Surreptitious and ill-conducted bouts among the mill-workers were common, and occasionally professional talent of low grade was imported. This late winter night there had been such a match; evidently with disastrous results, since two timorous Poles had come to us with incoherently whispered entreaties to attend to a very secret and desperate case. We followed them to an abandoned barn, where the remnants of a crowd of frightened foreigners were watching a silent black form on the floor.

The match had been between Kid O'Brien—a lubberly and now quaking youth with a most un-Hibernian hooked nose—and Buck Robinson, "The Harlem Smoke". The negro had been knocked out, and a moment's examination shewed us that he would permanently remain so. He was a loathsome, gorilla-like thing, with abnormally

sus nervios intranquilos, aumentado por el hecho innegablemente perturbador de que al menos uno de nuestros especímenes reanimados seguía con vida— y que ese alguien era la criatura temiblemente caníbal que se hallaba en una celda acolchada en Sefton. Además, había otra criatura —nuestro primer espécimen— cuyo paradero exacto desconocíamos por completo.

Tuvimos buena suerte con nuestros especímenes en Bolton, mucho mejor que en Arkham. No había pasado ni una semana de nuestra mudanza cuando obtuvimos una víctima de un accidente la misma noche de su entierro, y logramos que abriera los ojos con una expresión increíblemente racional antes de que la solución fallara. Había perdido un brazo. Quizá nos habría ido mejor si hubiese sido un cuerpo perfecto. Entre esa ocasión y el próximo enero, conseguimos tres cuerpos más; uno resultó en un fracaso absoluto, otro demostró un movimiento muscular pronunciado, y uno resultó una criatura bastante temblorosa que logró incorporarse y articular un sonido. A esto le sobrevino un período de mala suerte; había pocos entierros, y los que se llevaban a cabo eran de especímenes que estaban demasiado enfermos o mutilados como para que los utilicemos. Seguimos la pista de todas las muertes y sus circunstancias con un cuidado sistemático.

Sin embargo, una noche de marzo, obtuvimos, sin esperarlo, un espécimen que no provenía de la fosa común. En Bolton, el predominante espíritu del puritanismo había prohibido el boxeo. Esto había tenido el resultado usual: los combates secretos y mal organizados eran comunes entre los trabajadores de la fábrica, y ocasionalmente se importaban talentos de bajo nivel. Una competición de este estilo había ocurrido en las horas avanzadas de aquella noche de invierno; evidentemente, sus resultados habían sido desastrosos, ya que dos temerosos polacos acudieron a nosotros y nos suplicaron en voz baja atender un caso en extremo secreto y desesperado. Los seguimos hasta una granja abandonada, donde los restos de una muchedumbre de extranjeros aterrados miraban una figura negra que yacía en el suelo.

La competición se había disputado entre Kid O'Brien —un joven palurdo, que ahora temblaba, con una nariz de gancho que no era muy irlandesa— y Buck Robinson, «la humareda de Harlem». El negro había perdido el conocimiento después de haber quedado fuera de combate, y un primer examen nos mostró que nunca más lo recuperaría.

long arms which I could not help calling fore legs, and a face that conjured up thoughts of unspeakable Congo secrets and tom-tom poundings under an eerie moon. The body must have looked even worse in life—but the world holds many ugly things. Fear was upon the whole pitiful crowd, for they did not know what the law would exact of them if the affair were not hushed up; and they were grateful when West, in spite of my involuntary shudders, offered to get rid of the thing quietly—for a purpose I knew too well.

There was bright moonlight over the snowless landscape, but we dressed the thing and carried it home between us through the deserted streets and meadows, as we had carried a similar thing one horrible night in Arkham. We approached the house from the field in the rear, took the specimen in the back door and down the cellar stairs, and prepared it for the usual experiment. Our fear of the police was absurdly great, though we had timed our trip to avoid the solitary patrolman of that section.

The result was wearily anticlimactic. Ghastly as our prize appeared, it was wholly unresponsive to every solution we injected in its black arm; solutions prepared from experience with white specimens only. So as the hour grew dangerously near to dawn, we did as we had done with the others—dragged the thing across the meadows to the neck of the woods near the potter's field, and buried it there in the best sort of grave the frozen ground would furnish. The grave was not very deep, but fully as good as that of the previous specimen—the thing which had risen of itself and uttered a sound. In the light of our dark lanterns we carefully covered it with leaves and dead vines, fairly certain that the police would never find it in a forest so dim and dense.

The next day I was increasingly apprehensive about the police, for a patient brought rumours of a suspected fight and death. West had still another source of worry, for he had been called in the afternoon to a case which ended very threateningly. An Italian woman had be-

Era una criatura repugnante, similar a un gorila, con brazos anormalmente largos que no pude evitar llamar «patas delanteras» y un rostro que invocaba pensamientos de secretos inconfesables del Congo y del golpeteo de un tom-tom resonando bajo una luna misteriosa. El cuerpo debe haberse visto incluso peor en vida, pero hay muchas cosas feas en este mundo. El miedo se apoderaba de toda esa patética muchedumbre, puesto que no sabían qué les depararía la ley si no se silenciaba el asunto; y estuvieron agradecidos cuando West, a pesar de mis escalofríos involuntarios, se ofreció a deshacerse del cadáver de forma discreta, con un propósito que yo conocía bastante bien.

La luz de la luna brillaba fuertemente sobre el paisaje sin nieve, pero cubrimos el cadáver y lo llevamos a casa entre los dos a través de las calles y praderas desiertas, como lo habíamos hecho con un cadáver similar en Arkham durante cierta horrible noche. Nos acercamos a la casa desde el campo a sus espaldas, entramos al espécimen por la puerta trasera y lo bajamos por las escaleras del sótano, donde lo preparamos para el experimento usual. Teníamos un miedo absurdamente grande a la policía, aunque habíamos programado nuestro viaje para evitar al solitario agente de policía que patrullaba esa zona.

El resultado que obtuvimos fue aburridamente anticlimático. A pesar de que nuestra víctima parecía tan horripilante, no respondió en lo más mínimo a ninguna de las soluciones que inyectamos en su brazo negro; habíamos preparado las mismas basándonos solo en nuestras experiencias con especímenes blancos. Así que, mientras la hora se acercaba peligrosamente al amanecer, hicimos lo mismo que con los demás: lo arrastramos por la pradera hasta el camino del bosque cerca de la fosa común, y lo enterramos allí en el mejor intento de tumba que nos podía proveer el suelo congelado. La tumba no era muy profunda, pero era tan buena como la del espécimen anterior: aquella criatura que se había incorporado y articulado un sonido. Bajo la luz de nuestras oscuras lámparas, lo cubrimos con cuidado utilizando hojas y ramas de enredaderas muertas, bastante seguros de que la policía jamás lo encontraría en un bosque tan apagado y denso.

El día siguiente, empecé a temerle cada vez más a la policía, puesto que un paciente trajo rumores sobre sospechas de una pelea que desencadenó una muerte. West tenía otra razón por la cual preocuparse, pues había sido llamado por la tarde para tratar un caso que había ter-

come hysterical over her missing child—a lad of five who had strayed off early in the morning and failed to appear for dinner—and had developed symptoms highly alarming in view of an always weak heart. It was a very foolish hysteria, for the boy had often run away before; but Italian peasants are exceedingly superstitious, and this woman seemed as much harassed by omens as by facts. About seven o'clock in the evening she had died, and her frantic husband had made a frightful scene in his efforts to kill West, whom he wildly blamed for not saving her life. Friends had held him when he drew a stiletto, but West departed amidst his inhuman shrieks, curses, and oaths of vengeance. In his latest affliction the fellow seemed to have forgotten his child, who was still missing as the night advanced. There was some talk of searching the woods, but most of the family's friends were busy with the dead woman and the screaming man. Altogether, the nervous strain upon West must have been tremendous. Thoughts of the police and of the mad Italian both weighed heavily.

We retired about eleven, but I did not sleep well. Bolton had a surprisingly good police force for so small a town, and I could not help fearing the mess which would ensue if the affair of the night before were ever tracked down. It might mean the end of all our local work—and perhaps prison for both West and me. I did not like those rumours of a fight which were floating about. After the clock had struck three the moon shone in my eyes, but I turned over without rising to pull down the shade. Then came the steady rattling at the back door.

I lay still and somewhat dazed, but before long heard West's rap on my door. He was clad in dressing-gown and slippers, and had in his hands a revolver and an electric flashlight. From the revolver I knew that he was thinking more of the crazed Italian than of the police.

"We'd better both go," he whispered. "It wouldn't do not to answer it anyway, and it may be a patient—it would be like one of those fools to try the back door."

So we both went down the stairs on tiptoe, with a fear partly jus-

minado de una forma muy amenazante. Una italiana había tenido un ataque de histeria por la desaparición de su hijo —un niño de cinco años que se había extraviado temprano por la mañana y no había regresado para la hora de la cena— y había desarrollado síntomas muy alarmantes debido a que tenía un corazón débil. Su histeria era bastante tonta, puesto que el niño se había escapado a menudo antes; pero los italianos de las clases bajas son increíblemente supersticiosos, y esta mujer parecía ser acosada tanto por sus malos presagios como por la realidad. Murió alrededor de las siete en punto de la tarde, y su desesperado esposo había creado una escena espantosa en sus esfuerzos por matar a West, a quien culpaba violentamente por no haberle salvado la vida. Sus amigos lo sujetaron cuando el hombre sacó un estilete, pero West se fue entre sus gritos, maldiciones y juramentos de venganza inhumanos. Afectado por esta nueva congoja, parecía haberse olvidado de su hijo, quien seguía desaparecido con el correr de las horas. Se habló de buscar en el bosque, pero casi todos los amigos de la familia estaban ocupados con la mujer muerta y el hombre que gritaba. Todo lo sucedido debió haberle generado un agotamiento nervioso enorme a West. No podía quitarse de la cabeza los pensamientos sobre la policía y el italiano loco.

Nos retiramos a eso de las once, pero no pude dormir bien. Bolton tenía una fuerza policial sorprendentemente buena para ser una ciudad tan pequeña, y no pude evitar temer el desastre que ocurriría si se descubría el asunto de la noche pasada. Podría significar el fin de nuestra carrera local, y quizá incluso que nos encarcelaran a West y a mí. No me gustaban esos rumores que circulaban sobre una pelea. Luego de que el reloj marcara las tres, la luna iluminó mis ojos, pero me di vuelta sin levantarme para cerrar la persiana. Entonces se oyó un golpeteo rítmico en la puerta trasera.

Me quedé quieto y algo aturdido, pero poco después escuché a West tocando mi puerta. Vestía una bata y pantuflas, y tenía en sus manos un revólver y una linterna. Por el revólver, supe que estaba pensando más en el italiano loco que en la policía.

—Será mejor que vayamos los dos —susurró—. Ignorarlo no funcionaría de todos modos, y podría ser un paciente. Intentar entrar por la puerta trasera suena como algo que haría uno de esos tontos.

Así que los dos bajamos las escaleras en puntas de pie, con un miedo

tified and partly that which comes only from the soul of the weird small hours. The rattling continued, growing somewhat louder. When we reached the door I cautiously unbolted it and threw it open, and as the moon streamed revealingly down on the form silhouetted there, West did a peculiar thing. Despite the obvious danger of attracting notice and bringing down on our heads the dreaded police investigation—a thing which after all was mercifully averted by the relative isolation of our cottage—my friend suddenly, excitedly, and unnecessarily emptied all six chambers of his revolver into the nocturnal visitor.

For that visitor was neither Italian nor policeman. Looming hideously against the spectral moon was a gigantic misshapen thing not to be imagined save in nightmares—a glassy-eyed, ink-black apparition nearly on all fours, covered with bits of mould, leaves, and vines, foul with caked blood, and having between its glistening teeth a snow-white, terrible, cylindrical object terminating in a tiny hand.

en parte justificado y en parte producto de lo que solo podría crear un alma en las extrañas horas de la madrugada. El golpeteo continuó, incrementando en su intensidad un poco. Cuando llegamos a la puerta, le quité el cerrojo con cuidado, la abrí y, mientras la luna caía sobre la forma que se dibujaba allí, revelándola, West hizo algo peculiar. A pesar del obvio peligro de llamar la atención e invocar una temida investigación policial —algo que era evitado piadosamente por lo relativamente aislada que estaba nuestra cabaña— mi amigo, de forma repentina, acalorada e innecesaria vació las seis recámaras del revólver en nuestro visitante nocturno.

Resultó ser que el visitante no era ni un italiano ni un oficial de policía. Una criatura gigante y deforme, imposible de imaginar salvo en las pesadillas, se cernía espantosamente frente a la luna espectral. Se trataba de una aparición de ojos vidriosos, negra como el carbón, casi en cuatro patas, cubierta con trozos de moho, hojas y ramas de enredaderas muertas, apestando a la sangre que tenía embadurnada, y sosteniendo entre sus dientes brillantes un objeto cilíndrico blanco y terrible, que terminaba en una pequeña mano.

IV. THE SCREAM OF THE DEAD

The scream of a dead man gave to me that acute and added horror of Dr. Herbert West which harassed the latter years of our companionship. It is natural that such a thing as a dead man's scream should give horror, for it is obviously not a pleasing or ordinary occurrence; but I was used to similar experiences, hence suffered on this occasion only because of a particular circumstance. And, as I have implied, it was not of the dead man himself that I became afraid.

Herbert West, whose associate and assistant I was, possessed scientific interests far beyond the usual routine of a village physician. That was why, when establishing his practice in Bolton, he had chosen an isolated house near the potter's field. Briefly and brutally stated, West's sole absorbing interest was a secret study of the phenomena of life and its cessation, leading toward the reanimation of the dead through injections of an excitant solution. For this ghastly experimenting it was necessary to have a constant supply of very fresh human bodies; very fresh because even the least decay hopelessly damaged the brain structure, and human because we found that the solution had to be compounded differently for different types of organisms. Scores of rabbits and guinea-pigs had been killed and treated, but their trail was a blind one. West had never fully succeeded because he had never been able to secure a corpse sufficiently fresh. What he wanted were bodies from which vitality had only just departed; bodies with every cell intact and capable of receiving again the impulse toward that mode of motion called life. There was hope that this second and artificial life might be made perpetual by repetitions of the injection, but we had learned that an ordinary natural life would not respond to the action. To establish the artificial motion, natural life must be extinct—the specimens must be very fresh, but genuinely dead.

The awesome quest had begun when West and I were students at the Miskatonic University Medical School in Arkham, vividly conscious for the first time of the thoroughly mechanical nature of life. That was seven years before, but West looked scarcely a day older now—he was small, blond, clean-shaven, soft-voiced, and spectacled,

IV. EL GRITO DE LOS MUERTOS

El grito de un muerto fue lo que me produjo ese agudo terror adicional al doctor Herbert West que acechó los últimos años de nuestra camaradería. Es natural que una cosa como lo es el grito de un muerto produzca terror, pues obviamente no es una ocurrencia agradable o común; pero estaba acostumbrado a experiencias similares, por lo cual la única razón por la que sufrí solo en esta ocasión fue una circunstancia en particular. Y, como insinué, no era al muerto en sí a lo que le tenía miedo.

Herbert West, de quien era socio y asistente, poseía intereses científicos que iban mucho más allá de la rutina usual de un médico de pueblo. Por eso, cuando estableció su lugar de trabajo en Bolton, escogió una casa aislada cerca de la fosa común. En resumidas y brutales cuentas, el único interés que absorbía totalmente a West era el estudio secreto del fenómeno de la vida y su cese, lo cual lo llevó a reanimar personas muertas a través de la inyección de una solución estimulante. Para estos experimentos horripilantes, era necesario tener un suministro constante de cuerpos humanos muy frescos; tenían que ser humanos porque descubrimos que la solución debía tener una composición distinta para distintos tipos de organismos, y tenían que estar muy frescos puesto que la más mínima descomposición dañaba la estructura cerebral irremediablemente. Había asesinado y tratado a una gran cantidad de conejos y conejillos de indias, pero aquellos experimentos habían sido un callejón sin salida. West nunca había tenido completo éxito porque nunca había sido capaz de conseguir un cuerpo que estuviera lo suficientemente fresco. Quería cuerpos que habían abandonado su vitalidad meros instantes atrás; cuerpos con todas sus células intactas y capaces de recibir una vez más el impulso hacia esa acción que llamamos la vida. Teníamos esperanzas de que esta segunda vida artificial pudiese ser perpetua a través de reiteradas inyecciones, pero habíamos aprendido que la vida natural y común no respondía a dicha acción. Para crear esta acción artificial, la vida natural debía haberse extinguido: los especímenes deben estar muy frescos, pero genuinamente muertos.

La asombrosa búsqueda había comenzado cuando West y yo estudiábamos en la facultad de medicina de la Universidad de Miskatonic en Arkham, siendo por primera vez vívidamente consciente de la naturaleza profundamente mecánica de la vida. Habían pasado siete años desde aquel entonces, pero West apenas había envejecido: era bajo,

with only an occasional flash of a cold blue eye to tell of the hardening and growing fanaticism of his character under the pressure of his terrible investigations. Our experiences had often been hideous in the extreme; the results of defective reanimation, when lumps of graveyard clay had been galvanised into morbid, unnatural, and brainless motion by various modifications of the vital solution.

One thing had uttered a nerve-shattering scream; another had risen violently, beaten us both to unconsciousness, and run amuck in a shocking way before it could be placed behind asylum bars; still another, a loathsome African monstrosity, had clawed out of its shallow grave and done a deed—West had had to shoot that object. We could not get bodies fresh enough to shew any trace of reason when reanimated, so had perforce created nameless horrors. It was disturbing to think that one, perhaps two, of our monsters still lived—that thought haunted us shadowingly, till finally West disappeared under frightful circumstances. But at the time of the scream in the cellar laboratory of the isolated Bolton cottage, our fears were subordinate to our anxiety for extremely fresh specimens. West was more avid than I, so that it almost seemed to me that he looked half-covetously at any very healthy living physique.

It was in July, 1910, that the bad luck regarding specimens began to turn. I had been on a long visit to my parents in Illinois, and upon my return found West in a state of singular elation. He had, he told me excitedly, in all likelihood solved the problem of freshness through an approach from an entirely new angle—that of artificial preservation. I had known that he was working on a new and highly unusual embalming compound, and was not surprised that it had turned out well; but until he explained the details I was rather puzzled as to how such a compound could help in our work, since the objectionable staleness of the specimens was largely due to delay occurring before we secured them. This, I now saw, West had clearly recognised; creating his embalming compound for future rather than immediate use, and trusting to fate to supply again some very recent and unburied corpse, as it had years before when we obtained the negro

rubio, de voz suave, de gafas y estaba siempre bien afeitado, y lo único que delataba el endurecimiento y aumento del fanatismo de su carácter bajo la presión de sus terribles investigaciones era el ocasional destello de sus ojos celestes. Nuestras experiencias habían sido, a menudo, extremadamente horrorosas, como resultado de la reanimación defectuosa, cuando a los cadáveres del cementerio se los devolvía a una acción mórbida, anormal e inconsciente.

Una criatura había articulado un grito inquietante; otra se había incorporado violentamente, nos había golpeado hasta que quedamos inconscientes, y se había visto envuelta en un estado frenético impresionante antes de ser encerrada en un manicomio; y otra, una repugnante monstruosidad africana, había escapado de su tumba poco profunda y realizado una proeza. West tuvo que dispararle a esta última. No podíamos conseguir cuerpos que estuviesen lo suficientemente frescos como para dar signos de raciocinio al ser reanimados, lo que había forzado la creación de horrores innombrables. Era perturbador pensar que uno —o quizá incluso dos— de nuestros monstruos seguían con vida: ese pensamiento nos persiguió sombríamente, hasta que, finalmente, West desapareció en circunstancias espantosas. Pero hasta el momento del grito en el laboratorio del sótano en la aislada cabaña de Bolton, nuestros miedos eran inferiores a nuestra ansiedad por conseguir especímenes extremadamente frescos. West era más ávido que yo, tanto que casi me parecía que miraba algo codiciosamente a cualquier persona viva de aspecto saludable.

Nuestra mala suerte con los especímenes comenzó a cambiar en julio. Había visitado a mis padres en Illinois por un largo tiempo y, cuando regresé, encontré a West en un estado de júbilo singular. Emocionado, me dijo que probablemente había resuelto el problema de la frescura de los cuerpos al abordarlo desde un ángulo completamente nuevo: el de la conservación artificial. Sabía que estaba trabajando en un compuesto nuevo y altamente inusual para embalsamar cadáveres, y no me sorprendía que hubiese tenido buenos resultados; pero hasta que me explicó los detalles, me resultaba confuso cómo un compuesto de dicha naturaleza podría ayudarnos en nuestro trabajo, ya que la reprobable antigüedad de los especímenes se debía en gran medida al tiempo que tardábamos en obtenerlos. Ahora entendía que esto era algo que West había reconocido claramente; había creado su compuesto para embalsamar cadáveres para uso futuro en lugar de uno inmediato, y confiaba

killed in the Bolton prize-fight. At last fate had been kind, so that on this occasion there lay in the secret cellar laboratory a corpse whose decay could not by any possibility have begun. What would happen on reanimation, and whether we could hope for a revival of mind and reason, West did not venture to predict. The experiment would be a landmark in our studies, and he had saved the new body for my return, so that both might share the spectacle in accustomed fashion.

West told me how he had obtained the specimen. It had been a vigorous man; a well-dressed stranger just off the train on his way to transact some business with the Bolton Worsted Mills. The walk through the town had been long, and by the time the traveller paused at our cottage to ask the way to the factories his heart had become greatly overtaxed. He had refused a stimulant, and had suddenly dropped dead only a moment later. The body, as might be expected, seemed to West a heaven-sent gift. In his brief conversation the stranger had made it clear that he was unknown in Bolton, and a search of his pockets subsequently revealed him to be one Robert Leavitt of St. Louis, apparently without a family to make instant inquiries about his disappearance. If this man could not be restored to life, no one would know of our experiment. We buried our materials in a dense strip of woods between the house and the potter's field. If, on the other hand, he could be restored, our fame would be brilliantly and perpetually established. So without delay West had injected into the body's wrist the compound which would hold it fresh for use after my arrival. The matter of the presumably weak heart, which to my mind imperiled the success of our experiment, did not appear to trouble West extensively. He hoped at last to obtain what he had never obtained before—a rekindled spark of reason and perhaps a normal, living creature.

So on the night of July 18, 1910, Herbert West and I stood in the cellar laboratory and gazed at a white, silent figure beneath the dazzling arc-light. The embalming compound had worked uncannily well, for as I stared fascinatedly at the sturdy frame which had lain two weeks without stiffening I was moved to seek West's assurance that

que el destino le proveería nuevamente de un cadáver muy reciente y que no hubiese sido enterrado, como lo había hecho hacía años, cuando habíamos obtenido el negro que había muerto en la pelea de boxeo de Bolton. Por fin, el destino había sido amable, pues en esta ocasión yacía un cadáver cuya descomposición no podría haber empezado bajo ninguna posibilidad en el laboratorio secreto del sótano. West no podía predecir qué ocurriría durante la reanimación, y si era esperable que reviva también la mente y el raciocinio de nuestro espécimen. Este experimento sería un hito en nuestros estudios, y él había guardado el cuerpo nuevo hasta mi regreso, para que los dos pudiésemos compartir el espectáculo como era usual.

West me contó cómo había obtenido al espécimen. Había sido un hombre enérgico; un extraño bien vestido que recién se había bajado del tren para tratar unos negocios con la fábrica de lana de Bolton. Había tenido una larga caminata por la ciudad, y para cuando paró en nuestra cabaña para preguntar por direcciones hasta la fábrica, su corazón ya se encontraba muy agotado. Se había negado a tomar un estimulante, y repentinamente cayó muerto meros instantes después. Su cuerpo, como era de esperar, le pareció a West un regalo del cielo. En su breve parlamento, el extraño había dejado claro que no era conocido en Bolton, y una búsqueda dentro de sus bolsillos posteriormente arrojó que era un tal Robert Leavitt de San Luis, Misuri, y aparentemente no tenía una familia que investigara instantáneamente su desaparición. Si no podíamos revivir a este hombre, nadie sabría de nuestro experimento. Enterrábamos nuestros materiales en una zona densa del bosque que estaba entre nuestra casa y la fosa común. Si lo revivíamos, por otro lado, nuestra fama quedaría establecida perpetua y brillantemente. Así que, sin demora, West inyectó el compuesto que prolongaría la frescura del cuerpo, hasta que yo llegara, en la muñeca del mismo. La cuestión del corazón aparentemente débil que, en mi mente, arriesgaba el éxito de nuestro experimento, no parecía preocupar demasiado a West. Esperaba, al menos, obtener aquello que no había obtenido antes: reavivar la chispa de la razón y quizá un ser vivo y normal.

Así que, durante la noche del 18 de julio de 1910, Herbert West y yo contemplamos una figura blanca y silenciosa bajo la luz de arco resplandeciente del laboratorio del sótano. El compuesto para embalsamar cadáveres había funcionado extraordinariamente bien, pues mientras miraba con fascinación el cuerpo robusto que había durado

the thing was really dead. This assurance he gave readily enough; reminding me that the reanimating solution was never used without careful tests as to life; since it could have no effect if any of the original vitality were present. As West proceeded to take preliminary steps, I was impressed by the vast intricacy of the new experiment; an intricacy so vast that he could trust no hand less delicate than his own. Forbidding me to touch the body, he first injected a drug in the wrist just beside the place his needle had punctured when injecting the embalming compound. This, he said, was to neutralise the compound and release the system to a normal relaxation so that the reanimating solution might freely work when injected. Slightly later, when a change and a gentle tremor seemed to affect the dead limbs, West stuffed a pillow-like object violently over the twitching face, not withdrawing it until the corpse appeared quiet and ready for our attempt at reanimation. The pale enthusiast now applied some last perfunctory tests for absolute lifelessness, withdrew satisfied, and finally injected into the left arm an accurately measured amount of the vital elixir, prepared during the afternoon with a greater care than we had used since college days, when our feats were new and groping. I cannot express the wild, breathless suspense with which we waited for results on this first really fresh specimen—the first we could reasonably expect to open its lips in rational speech, perhaps to tell of what it had seen beyond the unfathomable abyss.

West was a materialist, believing in no soul and attributing all the working of consciousness to bodily phenomena; consequently he looked for no revelation of hideous secrets from gulfs and caverns beyond death's barrier. I did not wholly disagree with him theoretically, yet held vague instinctive remnants of the primitive faith of my forefathers; so that I could not help eyeing the corpse with a certain amount of awe and terrible expectation. Besides—I could not extract from my memory that hideous, inhuman shriek we heard on the night we tried our first experiment in the deserted farmhouse at Arkham.

Very little time had elapsed before I saw the attempt was not to be

dos semanas sin ponerse rígido, busqué que West me asegurara que estaba realmente muerto. Me lo aseguró de buena gana; me recordó que la solución para la reanimación nunca se utilizaba sin antes hacer cuidadosos exámenes buscando signos de vida; pues no tendría efecto si la vitalidad original estaba presente. Mientras West procedía a tomar medidas preliminares, me impresionó lo sumamente enrevesado que era el nuevo experimento; tan sumamente enrevesado era que no lo confiaba en manos menos delicadas que las suyas. Me prohibió tocar el cuerpo. Primero, inyectó una droga en su muñeca, justo al lado de donde había insertado la aguja que le había inyectado el compuesto que lo embalsamaría. Explicó que esto era para neutralizarlo y provocar una relajación normal en el sistema para que la solución reanimadora trabajase libremente al ser inyectada. Instantes después, cuando las extremidades muertas sufrieron un cambio y un suave temblor, West cubrió el rostro, que se contraía involuntariamente, con un objeto similar a una almohada, y solo lo removió cuando el cadáver parecía haberse calmado y listo para nuestro intento de reanimación. Ahora, el pálido entusiasta realizaba exámenes superficiales en búsqueda de un estado de muerte absoluto, luego, se retiró, satisfecho, y finalmente inyectó en el brazo izquierdo una cantidad medida con precisión del elixir vital, preparada durante la tarde con el cuidado supremo que utilizábamos desde nuestros días universitarios, cuando nuestras proezas eran nuevas y titubeantes. No puedo describir el suspenso salvaje y extremo con el que esperamos los resultados en este primer espécimen realmente fresco: el primero que podíamos esperar razonablemente que abriera sus labios para articular un discurso racional, quizá incluso para contarnos qué había visto más allá del abismo insondable.

West era un materialista, no creía en el alma y le atribuía todas las funciones de la consciencia a los fenómenos corporales; consecuentemente, no buscaba la revelación de secretos horrorosos provenientes de precipicios y cavernas más allá de la barrera de la muerte. Teóricamente, yo no estaba en completo desacuerdo, sin embargo, todavía tenía restos instintivos de la fe primitiva de mis antepasados; por lo cual no podía evitar observar el cadáver con cierto asombro y una terrible expectativa. Además, no podía quitar de mi memoria aquel grito horroroso e inhumano que oímos la noche en la que intentamos hacer nuestro primer experimento en la granja desierta de Arkham.

Transcurrió poco tiempo hasta que noté que nuestro intento no ha-

a total failure. A touch of colour came to cheeks hitherto chalk-white, and spread out under the curiously ample stubble of sandy beard. West, who had his hand on the pulse of the left wrist, suddenly nodded significantly; and almost simultaneously a mist appeared on the mirror inclined above the body's mouth. There followed a few spasmodic muscular motions, and then an audible breathing and visible motion of the chest. I looked at the closed eyelids, and thought I detected a quivering. Then the lids opened, shewing eyes which were grey, calm, and alive, but still unintelligent and not even curious.

In a moment of fantastic whim I whispered questions to the reddening ears; questions of other worlds of which the memory might still be present. Subsequent terror drove them from my mind, but I think the last one, which I repeated, was: "Where have you been?" I do not yet know whether I was answered or not, for no sound came from the well-shaped mouth; but I do know that at that moment I firmly thought the thin lips moved silently, forming syllables I would have vocalised as "only now" if that phrase had possessed any sense or relevancy. At that moment, as I say, I was elated with the conviction that the one great goal had been attained; and that for the first time a reanimated corpse had uttered distinct words impelled by actual reason. In the next moment there was no doubt about the triumph; no doubt that the solution had truly accomplished, at least temporarily, its full mission of restoring rational and articulate life to the dead. But in that triumph there came to me the greatest of all horrors—not horror of the thing that spoke, but of the deed that I had witnessed and of the man with whom my professional fortunes were joined.

For that very fresh body, at last writhing into full and terrifying consciousness with eyes dilated at the memory of its last scene on earth, threw out its frantic hands in a life and death struggle with the air; and suddenly collapsing into a second and final dissolution from which there could be no return, screamed out the cry that will ring eternally in my aching brain:

"Help! Keep off, you cursed little tow-head fiend—keep that damned needle away from me!"

bía sido un fracaso rotundo. Una pizca de color invadió las mejillas que anteriormente habían sido blancas como el papel, y se expandió bajo el curiosamente amplio rastrojo de barba rojiza. West, quien sentía con su mano el pulso en la muñeca izquierda, asintió marcadamente; y casi al instante, se formó una niebla en el espejo inclinado sobre la boca del cuerpo. Procedió a tener unos pocos movimientos musculares espasmódicos, y luego, una respiración audible y visibles movimientos en su pecho. Miré los párpados cerrados y creí detectar un temblor en ellos. Entonces, se abrieron, y dejaron al descubierto ojos que eran grises, tranquilos, y que estaban vivos, pero no eran inteligentes y ni siquiera eran curiosos.

En un momento de capricho fantástico, le susurré preguntas a sus orejas enrojecidas; preguntas sobre otros mundos que quizá todavía estarían presentes en su memoria. El terror que le siguió las eliminó de mi mente, pero creo que la última, la cual repetí, fue: «¿Dónde has estado?». Todavía no sé si me respondió o no, pues no salió ni un sonido de esa boca en buen estado; pero sé que en ese momento creí firmemente que esos finos labios se movían en silencio, formando sílabas que hubiese vocalizado como «recién ahora» si esa frase hubiese tenido algún tipo de sentido o relevancia. En aquel momento, como expliqué, me sentía alborozado por la convicción de que habíamos conseguido nuestro mayor objetivo; y que por primera vez un cadáver reanimado había articulado palabras nítidas impulsadas por un raciocinio real. En el instante que le siguió, no había dudas sobre nuestro triunfo; no había dudas sobre que la solución había logrado realmente, al menos de forma temporal, su misión completa de restaurar el raciocinio y regresarle la vida a los muertos. Pero en ese triunfo sentí el mayor temor: no hacia la criatura que hablaba, sino hacia la proeza que atestigüé y hacia el hombre con quien compartía mi suerte profesional.

Pues aquel cuerpo muy fresco, que se retorcía al regresar por fin a sus sentidos completos y espantosos con ojos que se dilataban al recordar su último momento en la tierra, lanzó sus manos enloquecidas en una lucha de vida o muerte con el aire; y repentinamente colapsó a una segunda y última muerte de la cual no regresaría, emitió un grito que resonará eternamente en mi cerebro dolorido:

—¡Auxilio! ¡Aléjate, maldito monstruo rubio! ¡Aleja esa condenada aguja de mí!

V. THE HORROR FROM THE SHADOWS

Many men have related hideous things, not mentioned in print, which happened on the battlefields of the Great War. Some of these things have made me faint, others have convulsed me with devastating nausea, while still others have made me tremble and look behind me in the dark; yet despite the worst of them I believe I can myself relate the most hideous thing of all—the shocking, the unnatural, the unbelievable horror from the shadows.

In 1915 I was a physician with the rank of First Lieutenant in a Canadian regiment in Flanders, one of many Americans to precede the government itself into the gigantic struggle. I had not entered the army on my own initiative, but rather as a natural result of the enlistment of the man whose indispensable assistant I was—the celebrated Boston surgical specialist, Dr. Herbert West. Dr. West had been avid for a chance to serve as surgeon in a great war, and when the chance had come he carried me with him almost against my will. There were reasons why I would have been glad to let the war separate us; reasons why I found the practice of medicine and the companionship of West more and more irritating; but when he had gone to Ottawa and through a colleague's influence secured a medical commission as Major, I could not resist the imperious persuasion of one determined that I should accompany him in my usual capacity.

When I say that Dr. West was avid to serve in battle, I do not mean to imply that he was either naturally warlike or anxious for the safety of civilisation. Always an ice-cold intellectual machine; slight, blond, blue-eyed, and spectacled; I think he secretly sneered at my occasional martial enthusiasms and censures of supine neutrality. There was, however, something he wanted in embattled Flanders; and in order to secure it he had to assume a military exterior. What he wanted was not a thing which many persons want, but something connected with the peculiar branch of medical science which he had chosen quite clandestinely to follow, and in which he had achieved amazing and occasionally hideous results. It was, in fact, nothing more or less than an abundant supply of freshly killed men in every stage of dismemberment.

Muchos hombres han relatado cosas horrorosas, que no han sido registradas en letra impresa, que sucedieron en los campos de batalla de la Gran Guerra. Algunos de estos sucesos me provocaron desmayos, otros han hecho que me atacaran náuseas devastadoras, mientras que otros aún me hacen temblar y mirar detrás mío en la oscuridad; sin embargo, a pesar de mis peores experiencias, creo que todavía puedo relatar la más horrorosa de todas: el terror espantoso, antinatural e increíble proveniente de las sombras.

En 1915 yo era un doctor con el rango de teniente en un regimiento canadiense en Flandes. Fui uno de los muchos estadounidenses que precedieron al gobierno mismo en la enorme lucha. No había ingresado al ejército por mi propia iniciativa, sino como resultado natural del alistamiento del hombre de quien era asistente indispensable: el célebre especialista en cirugía de Bolton, el doctor Herbert West. El doctor West había ansiado la oportunidad de servir como cirujano en la Gran Guerra, y cuando la misma llegó, me llevó con él casi en contra de mi voluntad. Había razones por las cuales hubiese estado agradecido de dejar que la guerra nos separara; razones por las cuales encontraba cada vez más irritante tanto la medicina como la compañía de West; pero cuando fue a Ottawa y se aseguró un nombramiento médico como mayor a través de la influencia de un colega, no pude resistir la persuasión imperiosa de su determinación de que tenía que acompañarlo como lo hacía usualmente.

Cuando digo que el doctor West ansiaba servir en la guerra, no quisiera insinuar que tenía inclinaciones bélicas o que lo preocupaba la seguridad de la civilización. Siempre había sido una fría máquina intelectual; bajo, rubio, de ojos celestes y gafas; creo que se mofaba en secreto de mis entusiasmos militares ocasionales y mis críticas hacia la neutralidad supina. Sin embargo, había algo que quería en la sitiada región de Flandes; y para obtenerlo, tenía que asumir un aspecto militar. Lo que quería no era algo que quisieran muchas personas, sino algo que estaba conectado a la rama particular de la medicina que había escogido de forma bastante clandestina, y en la cual había conseguido resultados asombrosos y ocasionalmente horrorosos. Lo que quería era, de hecho, nada más ni nada menos que un abundante abastecimiento de hombres recientemente muertos en todos los estados de desmembramiento

Herbert West needed fresh bodies because his life-work was the reanimation of the dead. This work was not known to the fashionable clientele who had so swiftly built up his fame after his arrival in Boston; but was only too well known to me, who had been his closest friend and sole assistant since the old days in Miskatonic University Medical School at Arkham. It was in those college days that he had begun his terrible experiments, first on small animals and then on human bodies shockingly obtained. There was a solution which he injected into the veins of dead things, and if they were fresh enough they responded in strange ways. He had had much trouble in discovering the proper formula, for each type of organism was found to need a stimulus especially adapted to it. Terror stalked him when he reflected on his partial failures; nameless things resulting from imperfect solutions or from bodies insufficiently fresh. A certain number of these failures had remained alive—one was in an asylum while others had vanished—and as he thought of conceivable yet virtually impossible eventualities he often shivered beneath his usual stolidity.

West had soon learned that absolute freshness was the prime requisite for useful specimens, and had accordingly resorted to frightful and unnatural expedients in body-snatching. In college, and during our early practice together in the factory town of Bolton, my attitude toward him had been largely one of fascinated admiration; but as his boldness in methods grew, I began to develop a gnawing fear. I did not like the way he looked at healthy living bodies; and then there came a nightmarish session in the cellar laboratory when I learned that a certain specimen had been a living body when he secured it. That was the first time he had ever been able to revive the quality of rational thought in a corpse; and his success, obtained at such a loathsome cost, had completely hardened him.

Of his methods in the intervening five years I dare not speak. I was held to him by sheer force of fear, and witnessed sights that no human tongue could repeat. Gradually I came to find Herbert West him-

posibles.

Herbert West necesitaba cuerpos frescos porque el trabajo de toda su vida se basaba en la reanimación de los muertos. La elegante clientela de West, que había hecho crecer su fama tan rápidamente luego de su arribo en Boston, desconocía su trabajo; solo yo lo conocía bien, al haber sido su amigo más cercano y único asistente desde los antiguos días en la facultad de medicina de la Universidad de Miskatonic en Arkham. Fue durante aquellos días universitarios que había comenzado con sus terribles experimentos, primero utilizando animales pequeños y luego cuerpos humanos obtenidos mediante métodos escandalosos. Existía una solución que él inyectaba en las venas de las criaturas muertas y, si estaban lo suficientemente frescas, reaccionaban de maneras extrañas. Había tenido muchas dificultades a la hora de encontrar la fórmula correcta, puesto que encontró que cada tipo de organismo necesitaba un estímulo adaptado especialmente a él. El terror lo acechaba cuando reflexionaba sobre sus fracasos parciales; criaturas sin nombre que eran resultado de soluciones imperfectas o de cuerpos que no estaban lo suficientemente fresco. Algunos de estos fracasos seguían con vida —uno de ellos estaba en un manicomio mientras que otros habían desaparecido— y a menudo temblaba bajo su impasibilidad usual mientras imaginaba posibilidades concebibles pero virtualmente imposibles.

West pronto descubrió que la absoluta frescura era el más valioso requisito para los especímenes útiles y, en consecuencia, había recurrido a medidas espantosas e inusuales para robar cuerpos. En la universidad, y durante los primeros días de nuestro trabajo juntos en la ciudad fabril de Bolton, había tenido, en gran medida, una admiración fascinada hacia él; pero a medida que la osadía de sus métodos iba en aumento, empecé a desarrollar un miedo que me carcomía. No me gustaba la forma en la que miraba a los cuerpos vivos saludables; y hubo, además, una sesión pesadillesca en el laboratorio del sótano en la que me enteré que cierto espécimen había sido un cuerpo vivo cuando él lo había obtenido. Esa había sido la primera vez que había sido capaz de revivir la cualidad del pensamiento racional en un cadáver; y su éxito, obtenido a un costo tan deplorable, lo había endurecido completamente.

No me atrevo a hablar de sus métodos en los cinco años siguientes. Estaba atado a él puramente por mi miedo hacia él, y había atestiguado escenas que ninguna lengua humana podría repetir. Gradualmente ter-

self more horrible than anything he did—that was when it dawned on me that his once normal scientific zeal for prolonging life had subtly degenerated into a mere morbid and ghoulish curiosity and secret sense of charnel picturesqueness. His interest became a hellish and perverse addiction to the repellently and fiendishly abnormal; he gloated calmly over artificial monstrosities which would make most healthy men drop dead from fright and disgust; he became, behind his pallid intellectuality, a fastidious Baudelaire of physical experiment—a languid Elagabalus of the tombs.

Dangers he met unflinchingly; crimes he committed unmoved. I think the climax came when he had proved his point that rational life can be restored, and had sought new worlds to conquer by experimenting on the reanimation of detached parts of bodies. He had wild and original ideas on the independent vital properties of organic cells and nerve-tissue separated from natural physiological systems; and achieved some hideous preliminary results in the form of never-dying, artificially nourished tissue obtained from the nearly hatched eggs of an indescribable tropical reptile. Two biological points he was exceedingly anxious to settle—first, whether any amount of consciousness and rational action be possible without the brain, proceeding from the spinal cord and various nerve-centres; and second, whether any kind of ethereal, intangible relation distinct from the material cells may exist to link the surgically separated parts of what has previously been a single living organism. All this research work required a prodigious supply of freshly slaughtered human flesh—and that was why Herbert West had entered the Great War.

The phantasmal, unmentionable thing occurred one midnight late in March, 1915, in a field hospital behind the lines at St. Eloi. I wonder even now if it could have been other than a daemoniac dream of delirium. West had a private laboratory in an east room of the barn-like temporary edifice, assigned him on his plea that he was devising new and radical methods for the treatment of hitherto hopeless cases of maiming. There he worked like a butcher in the midst of his gory wares—I could never get used to the levity with which he han-

miné hallando al mismo Herbert West más horrible que cualquier cosa que hiciera. Fue entonces que me di cuenta de que el deseo científico por prolongar la vida que alguna vez había sido normal se había degenerado hasta convertirse en una simple curiosidad mórbida y macabra y en un sentimiento secreto de fascinación cadavérica. Su interés se convirtió en una adicción infernal y perversa a lo que era repugnante y monstruosamente anormal; miraba tranquilamente, pero con malicia, monstruosidades artificiales que harían que los hombres más saludables cayesen muertos del susto y del asco; se convirtió, bajo su intelectualidad pálida, en un fastidioso Baudelaire de los experimentos físicos, un lánguido Heliogábalo de las tumbas.

Enfrentó peligros sin temer; cometió crímenes sin alterarse. Creo que alcanzó su clímax cuando probó su teoría de que se podía restaurar la vida racional, y había buscado nuevos mundos para conquistar a través de sus experimentos de reanimación en partes del cuerpo desmembradas. Tenía ideas originales y salvajes sobre las propiedades vitales independientes de las células orgánicas y del tejido nervioso que estaban separados de los sistemas fisiológicos naturales; logró ciertos resultados preliminares horrorosos en la forma de un tejido inmortal y alimentado artificialmente obtenido de los huevos de un reptil tropical indescriptible que estaban a punto de romper el cascarón. Había dos cuestiones biológicas que quería resolver con gran ansiedad: primero, si era posible tener cierta cantidad de consciencia y acción racional sin el cerebro, procedentes de la médula espinal y diversos centros nerviosos; y, segundo, si existía algún tipo de relación etérea e intangible distinta de las células materiales que uniese las partes separadas quirúrgicamente de lo que había sido un único organismo vivo anteriormente. Todo este trabajo de investigación requería un suministro colosal de carne humana recientemente mutilada, y por eso Herbert West se alistó en la Gran Guerra.

Aquel evento horripilante e inmencionable ocurrió una medianoche a fines de marzo en 1915, en un hospital de campaña detrás del frente de batalla en Saint Eloi. Aún ahora me pregunto si pudo haber sido más que el demoníaco sueño de un delirio. West tenía un laboratorio privado en la sala este de una edificación temporal, similar a una granja, que se le había asignado luego de que él jurara que estaba ideando nuevos métodos para tratar los casos de mutilaciones, hasta entonces sin remedio. Allí trabajaba como si fuese un carnicero entre sus sangrientos

dled and classified certain things. At times he actually did perform marvels of surgery for the soldiers; but his chief delights were of a less public and philanthropic kind, requiring many explanations of sounds which seemed peculiar even amidst that babel of the damned. Among these sounds were frequent revolver-shots—surely not uncommon on a battlefield, but distinctly uncommon in an hospital. Dr. West's reanimated specimens were not meant for long existence or a large audience. Besides human tissue, West employed much of the reptile embryo tissue which he had cultivated with such singular results. It was better than human material for maintaining life in organless fragments, and that was now my friend's chief activity. In a dark corner of the laboratory, over a queer incubating burner, he kept a large covered vat full of this reptilian cell-matter; which multiplied and grew puffily and hideously.

On the night of which I speak we had a splendid new specimen—a man at once physically powerful and of such high mentality that a sensitive nervous system was assured. It was rather ironic, for he was the officer who had helped West to his commission, and who was now to have been our associate. Moreover, he had in the past secretly studied the theory of reanimation to some extent under West. Major Sir Eric Moreland Clapham-Lee, D.S.O., was the greatest surgeon in our division, and had been hastily assigned to the St. Eloi sector when news of the heavy fighting reached headquarters. He had come in an aëroplane piloted by the intrepid Lieut. Ronald Hill, only to be shot down when directly over his destination. The fall had been spectacular and awful; Hill was unrecognisable afterward, but the wreck yielded up the great surgeon in a nearly decapitated but otherwise intact condition. West had greedily seized the lifeless thing which had once been his friend and fellow-scholar; and I shuddered when he finished severing the head, placed it in his hellish vat of pulpy reptile-tissue to preserve it for future experiments, and proceeded to treat the decapitated body on the operating table. He injected new blood, joined certain veins, arteries, and nerves at the headless neck, and closed the ghastly aperture with engrafted skin from an unidentified specimen which had borne an officer's uniform. I knew what he wanted—to see if this highly organised body could exhibit, without its

productos. Nunca pude acostumbrarme a la liviandad con la que trataba y clasificaba ciertas cosas. A veces, él realmente realizaba proezas quirúrgicas en los soldados; pero sus mayores deleites eran de una estirpe menos pública y filantrópica, y requerían explicaciones de sonidos que resultaban peculiares incluso entre aquella babel de los condenados. Entre aquellos sonidos estaban los frecuentes ruidos de disparos provenientes de un revólver: claro que no eran inusuales en el campo de batalla, pero sí lo eran en un hospital. Los especímenes reanimados de West no estaban destinados a una vida larga ni a una gran audiencia. Además de usar tejido humano, West también utilizaba gran parte del tejido embrionario de reptil que había desarrollado con esos resultados tan singulares. Era mejor para mantener la vida en los fragmentos sin órganos que los materiales humanos, y esa era ahora la actividad principal de mi amigo. En un oscuro rincón del laboratorio, sobre una extraña estufa de incubación, tenía un gran recipiente tapado lleno de estas células reptilianas; las cuales se multiplicaban y crecían y se hinchaban horrorosamente.

La noche de la cual hablo, West tenía un espléndido nuevo espécimen: un hombre que había sido tanto físicamente poderoso como de una inteligencia tan alta que aseguraba un sistema nervioso sensible. Era bastante irónico, pues había sido el oficial que había ayudado a que nombraran a West, y quien, hasta ese punto, había sido un colega nuestro. Además, había estudiado la teoría de la reanimación bajo la tutela de West en el pasado hasta cierto punto. El mayor sir Eric Moreland Clapham-Lee, D.S.O., era el mejor cirujano de nuestra división, y había sido asignado rápidamente a la región de Saint Eloi cuando las noticias sobre la intensidad de los combates llegaron al cuartel general. Llegó en un aeroplano pilotado por el intrépido teniente Ronald Hill, pero fueron derribados cuando estaban sobrevolando su destino. La caída había sido espectacular y horrible; Hill quedó irreconocible posteriormente, pero, salvo por el detalle de que estaba casi decapitado, el accidente había dejado intacto al gran cirujano. West había tomado avariciosamente el cadáver que alguna vez había sido su amigo y compañero de estudios; y temblé cuando terminó de cercenar la cabeza, la colocó en su recipiente infernal de carnoso tejido reptil para preservarla para futuros experimentos, y procedió a tratar al cuerpo decapitado en la mesa de operaciones. Se encargó de inyectarle sangre nueva y unir ciertas venas, arterias y nervios al cuello sin cabeza, y cerró la desagradable incisión con injertos de piel provenientes de un espécimen no identificado

head, any of the signs of mental life which had distinguished Sir Eric Moreland Clapham-Lee. Once a student of reanimation, this silent trunk was now gruesomely called upon to exemplify it.

I can still see Herbert West under the sinister electric light as he injected his reanimating solution into the arm of the headless body. The scene I cannot describe—I should faint if I tried it, for there is madness in a room full of classified charnel things, with blood and lesser human debris almost ankle-deep on the slimy floor, and with hideous reptilian abnormalities sprouting, bubbling, and baking over a winking bluish-green spectre of dim flame in a far corner of black shadows.

The specimen, as West repeatedly observed, had a splendid nervous system. Much was expected of it; and as a few twitching motions began to appear, I could see the feverish interest on West's face. He was ready, I think, to see proof of his increasingly strong opinion that consciousness, reason, and personality can exist independently of the brain—that man has no central connective spirit, but is merely a machine of nervous matter, each section more or less complete in itself. In one triumphant demonstration West was about to relegate the mystery of life to the category of myth. The body now twitched more vigorously, and beneath our avid eyes commenced to heave in a frightful way. The arms stirred disquietingly, the legs drew up, and various muscles contracted in a repulsive kind of writhing. Then the headless thing threw out its arms in a gesture which was unmistakably one of desperation—an intelligent desperation apparently sufficient to prove every theory of Herbert West. Certainly, the nerves were recalling the man's last act in life; the struggle to get free of the falling aëroplane.

What followed, I shall never positively know. It may have been wholly an hallucination from the shock caused at that instant by the sudden and complete destruction of the building in a cataclysm of German shell-fire—who can gainsay it, since West and I were the only proved survivors? West liked to think that before his recent disap-

que vestía un uniforme de oficial. Sabía lo que quería: ver si este cuerpo tan organizado podía mostrar, sin su cabeza, cualquier signo de la vida mental que había distinguido a sir Eric Moreland Clapham-Lee. Había sido un estudioso de la reanimación, y ahora se le exigía a su torso silencioso un ejemplo de ella.

Todavía puedo ver a Herbert West bajo la siniestra luz eléctrica mientras inyectaba su solución reanimadora en el brazo del cuerpo sin cabeza. No puedo describir la escena: me desmayaría si lo intentase, puesto que la locura existe en una habitación llena de objetos cadavéricos clasificados, con sangre y restos humanos que casi me llegaban a los tobillos esparcidos en el suelo pegajoso, y con horrorosas anormalidades reptilianas que germinaban, burbujeaban y se cocinaban sobre el centelleante espectro verde azulado de una tenue llama en un lejano rincón de oscuras sombras.

El espécimen, como West había observado reiteradamente, tenía un sistema nervioso espléndido. Teníamos altas expectativas; y cuando empezaron algunas contracciones musculares, pude ver el interés febril en el rostro de West. Estaba listo, creo, para ver la prueba de su opinión cada vez más fuerte de que la consciencia, la razón y la personalidad podían existir independientemente del cerebro, que el hombre no poseía un espíritu conectivo y central, sino que era una máquina de materia nerviosa, y cada sección era más o menos independiente por sí misma. En una demostración triunfal, West estaba a punto de relegar el misterio de la vida a la categoría de mito. El cuerpo se contrajo con un vigor aún mayor, y bajo nuestra mirada ansiosa, empezó a palpitar de una forma aterradora. Sus brazos se sacudieron inquietantemente, sus piernas se estiraron y varios músculos se contrajeron, retorciéndose de forma repulsiva. Entonces, la criatura sin cabeza lanzó sus brazos en un gesto que mostraba, sin dudas, desesperación: una desesperación inteligente que, aparentemente, era suficiente para probar todas las teorías de Herbert West. Ciertamente, sus nervios recordaban el último acto en vida de aquel hombre: la lucha por salir del aeroplano que caía.

Nunca sabré con certeza lo que sucedió después. Puede que haya sido en su totalidad una alucinación del shock causado en ese instante por la destrucción repentina y completa del edificio en el cataclismo de un bombardeo alemán; ¿quién puede negarlo, si West y yo fuimos los únicos sobrevivientes confirmados? A West le gustaba creerlo antes de su

pearance, but there were times when he could not; for it was queer that we both had the same hallucination. The hideous occurrence itself was very simple, notable only for what it implied.

The body on the table had risen with a blind and terrible groping, and we had heard a sound. I should not call that sound a voice, for it was too awful. And yet its timbre was not the most awful thing about it. Neither was its message—it had merely screamed, "Jump, Ronald, for God's sake, jump!" The awful thing was its source.

For it had come from the large covered vat in that ghoulish corner of crawling black shadows.

desaparición reciente, pero hubo veces en las que no podía; pues resultaba extraño que los dos hubiésemos sufrido la misma alucinación. La horrorosa ocurrencia era muy simple en sí misma, lo único que la distinguía era lo que insinuaba.

El cuerpo sobre la mesa se incorporó con un titubeo ciego y terrible, y oímos un sonido. No puedo llamar «voz» a ese sonido, pues era demasiado espantoso. Y sin embargo, su timbre no era la parte más espantosa de él. Tampoco lo era su mensaje; simplemente gritó: «¡Salta, Ronald, por el amor de Dios, salta!». Lo parte más espantosa era su fuente.

Pues provenía del gran recipiente tapado que estaba en ese rincón temible de oscuras sombras reptantes.

VI. THE TOMB-LEGIONS

When Dr. Herbert West disappeared a year ago, the Boston police questioned me closely. They suspected that I was holding something back, and perhaps suspected graver things; but I could not tell them the truth because they would not have believed it. They knew, indeed, that West had been connected with activities beyond the credence of ordinary men; for his hideous experiments in the reanimation of dead bodies had long been too extensive to admit of perfect secrecy; but the final soul-shattering catastrophe held elements of daemoniac phantasy which make even me doubt the reality of what I saw.

I was West's closest friend and only confidential assistant. We had met years before, in medical school, and from the first I had shared his terrible researches. He had slowly tried to perfect a solution which, injected into the veins of the newly deceased, would restore life; a labour demanding an abundance of fresh corpses and therefore involving the most unnatural actions. Still more shocking were the products of some of the experiments—grisly masses of flesh that had been dead, but that West waked to a blind, brainless, nauseous animation. These were the usual results, for in order to reawaken the mind it was necessary to have specimens so absolutely fresh that no decay could possibly affect the delicate brain-cells.

This need for very fresh corpses had been West's moral undoing. They were hard to get, and one awful day he had secured his specimen while it was still alive and vigorous. A struggle, a needle, and a powerful alkaloid had transformed it to a very fresh corpse, and the experiment had succeeded for a brief and memorable moment; but West had emerged with a soul calloused and seared, and a hardened eye which sometimes glanced with a kind of hideous and calculating appraisal at men of especially sensitive brain and especially vigorous physique. Toward the last I became acutely afraid of West, for he began to look at me that way. People did not seem to notice his glances, but they noticed my fear; and after his disappearance used that as a basis for some absurd suspicions.

VI. LAS LEGIONES DE LAS TUMBAS

Cuando el doctor Herbert West desapareció hace un año, la policía de Bolton me interrogó atentamente. Sospechaban que ocultaba algo, y quizá sospechaban cosas más graves; pero no podía decirles la verdad porque no me hubiesen creído. Sabían, en efecto, que West había estado conectado a actividades que estaban más allá de la credibilidad de hombres normales; puesto que sus horrorosos experimentos sobre la reanimación de los muertos habían sido demasiado extensos como para estar guardados bajo perfecto secreto; pero la devastadora catástrofe final tenía elementos de una fantasía demoníaca que hasta me hacían dudar de si lo que vi fue real.

Yo era el amigo más cercano de West y su único asistente de confianza. Nos habíamos conocido años atrás, en la facultad de medicina, y desde el comienzo había compartido sus terribles investigaciones. Lentamente intentó perfeccionar una solución, la cual, al ser inyectada en las venas de los muertos recientes, los revivía; esta labor demandaba abundantes cadáveres frescos y por ende implicaba actos de lo más extraños. Aún más horribles eran los resultados de algunos de sus experimentos: espeluznantes masas de carne que habían estado muertas, pero que West había regresado a una vida ciega, descerebrada y nauseabunda. Así eran los resultados usuales, puesto que para revivir la mente era necesario tener especímenes tan absolutamente frescos que fuese imposible que la descomposición afectara sus delicadas neuronas.

La necesidad de cadáveres muy frescos había sido la perdición moral de West. Eran difíciles de conseguir, y cierto horrible día consiguió un espécimen mientras el mismo todavía era un ser vivo y enérgico. Un forcejeo, una aguja y un poderoso alcaloide fueron suficientes para transformarlo en un cadáver muy fresco, y el experimento tuvo éxito por un instante breve y memorable; pero West había emergido de él con su alma herida y chamuscada, y con un ojo endurecido que a veces miraba como si evaluara de cierta forma horrorosa y calculadora a los hombres que tenían un cerebro especialmente sensible y un físico especialmente enérgico. Hacia el final, yo sentía un gran temor a West, pues comenzó a mirarme de esa forma. Las personas no parecían ser conscientes de sus miradas, pero sí notaban mi miedo, y luego de su desaparición, lo utilizaron como fundamento para algunas absurdas sospechas.

West, in reality, was more afraid than I; for his abominable pursuits entailed a life of furtiveness and dread of every shadow. Partly it was the police he feared; but sometimes his nervousness was deeper and more nebulous, touching on certain indescribable things into which he had injected a morbid life, and from which he had not seen that life depart. He usually finished his experiments with a revolver, but a few times he had not been quick enough. There was that first specimen on whose rifled grave marks of clawing were later seen. There was also that Arkham professor's body which had done cannibal things before it had been captured and thrust unidentified into a madhouse cell at Sefton, where it beat the walls for sixteen years. Most of the other possibly surviving results were things less easy to speak of—for in later years West's scientific zeal had degenerated to an unhealthy and fantastic mania, and he had spent his chief skill in vitalising not entire human bodies but isolated parts of bodies, or parts joined to organic matter other than human. It had become fiendishly disgusting by the time he disappeared; many of the experiments could not even be hinted at in print. The Great War, through which both of us served as surgeons, had intensified this side of West.

In saying that West's fear of his specimens was nebulous, I have in mind particularly its complex nature. Part of it came merely from knowing of the existence of such nameless monsters, while another part arose from apprehension of the bodily harm they might under certain circumstances do him. Their disappearance added horror to the situation—of them all West knew the whereabouts of only one, the pitiful asylum thing. Then there was a more subtle fear—a very fantastic sensation resulting from a curious experiment in the Canadian army in 1915. West, in the midst of a severe battle, had reanimated Major Sir Eric Moreland Clapham-Lee, D.S.O., a fellow-physician who knew about his experiments and could have duplicated them. The head had been removed, so that the possibilities of quasi-intelligent life in the trunk might be investigated. Just as the building was wiped out by a German shell, there had been a success. The trunk had moved intelligently; and, unbelievable to relate, we were both sickeningly sure that articulate sounds had come from the detached head as it lay in a shadowy corner of the laboratory. The shell had

West, en realidad, tenía más miedo que yo; puesto que su afán abominable lo llevó a una vida sigilosa y temerosa de cualquier sombra. Parcialmente, tenía miedo de la policía; pero a veces su nerviosismo era más profundo y nebuloso, y era dirigido a ciertas indescriptibles criaturas a las cuales les había inyectado una vida enfermiza, y cuyo fin no había presenciado. Usualmente les ponía fin a sus experimentos con un revólver, pero hubo un par de veces en las que no había sido lo suficientemente rápido. Estaba ese primer espécimen, de quien se vieron posteriormente esas estriadas marcas de arañazos en su tumba. También estaba el cuerpo de aquel profesor de Arkham que había cometido actos caníbales antes de que lo capturaran y enviaran sin poder identificarlo a una celda de un manicomio en Sefton, donde pasó dieciséis años golpeando las paredes. Era menos fácil hablar de la mayoría de los otros posibles resultados supervivientes, puesto que en los años posteriores, el deseo científico de West se había degenerado hasta convertirse en una manía enfermiza y fantástica, y utilizaba su gran habilidad en revitalizar no solo el cuerpo humano entero, sino partes del cuerpo aisladas, o partes unidas a materia orgánica que no era humana. Se había vuelto monstruosamente desagradable para cuando desapareció; muchos de sus experimentos no pueden ser siquiera aludidos en letra impresa. La Gran Guerra, en la cual los dos servimos como cirujanos, había intensificado esta parte de West.

Cuando digo que el miedo que West tenía a sus especímenes era nebuloso, tengo en cuenta, particularmente, su naturaleza compleja. Parte de su miedo provenía de su conocimiento acerca de la existencia de semejantes monstruos innombrables, mientras que otra parte surgía del temor al daño que podrían causarle bajo ciertas circunstancias. La desaparición de los monstruos hizo que la situación fuese aún más horrorosa: West conocía el paradero de solo uno de ellos, el de la patética criatura del manicomio. Y además, existía un miedo mucho más sutil: una sensación muy fantástica que fue resultado de un curioso experimento en el ejército canadiense en 1915. West, en medio de una gran batalla, había reanimado al mayor sir Eric Moreland Clapham-Lee, D.S.O., un médico colega que conocía sus experimentos y que podría haberlos replicado. Se había removido su cabeza para poder investigar las posibilidades de vida cuasi inteligente en su torso. Justo cuando una bomba alemana destrozó el edificio, el experimento tuvo éxito. El torso se movió inteligentemente y, aunque resulta increíble relatarlo, los dos teníamos la enfermiza convicción de que la cabeza cercenada había arti-

been merciful, in a way—but West could never feel as certain as he wished, that we two were the only survivors. He used to make shuddering conjectures about the possible actions of a headless physician with the power of reanimating the dead.

West's last quarters were in a venerable house of much elegance, overlooking one of the oldest burying-grounds in Boston. He had chosen the place for purely symbolic and fantastically aesthetic reasons, since most of the interments were of the colonial period and therefore of little use to a scientist seeking very fresh bodies. The laboratory was in a sub-cellar secretly constructed by imported workmen, and contained a huge incinerator for the quiet and complete disposal of such bodies, or fragments and synthetic mockeries of bodies, as might remain from the morbid experiments and unhallowed amusements of the owner. During the excavation of this cellar the workmen had struck some exceedingly ancient masonry; undoubtedly connected with the old burying-ground, yet far too deep to correspond with any known sepulchre therein. After a number of calculations West decided that it represented some secret chamber beneath the tomb of the Averills, where the last interment had been made in 1768. I was with him when he studied the nitrous, dripping walls laid bare by the spades and mattocks of the men, and was prepared for the gruesome thrill which would attend the uncovering of centuried grave-secrets; but for the first time West's new timidity conquered his natural curiosity, and he betrayed his degenerating fibre by ordering the masonry left intact and plastered over. Thus it remained till that final hellish night; part of the walls of the secret laboratory. I speak of West's decadence, but must add that it was a purely mental and intangible thing. Outwardly he was the same to the last—calm, cold, slight, and yellow-haired, with spectacled blue eyes and a general aspect of youth which years and fears seemed never to change. He seemed calm even when he thought of that clawed grave and looked over his shoulder; even when he thought of the carnivorous thing that gnawed and pawed at Sefton bars.

The end of Herbert West began one evening in our joint study when

culado sonidos mientras yacía en un sombrío rincón del laboratorio. La bomba había sido piadosa, en cierto modo, pero West nunca pudo tener la certeza que él deseaba de que habíamos sido los únicos sobrevivientes. Solía realizar escalofriantes conjeturas sobre los posibles actos de un médico sin cabeza que tuviese la habilidad de revivir a los muertos.

Los últimos cuarteles de West se localizaban en una respetable casa de gran elegancia, que daba a uno de los cementerios más viejos de Boston. Había escogido aquel lugar puramente por razones simbólicas y fantásticamente estéticas, ya que la mayoría de los entierros habían sucedido en el período colonial y por ende eran poco útiles para un científico en búsqueda de cuerpos muy frescos. El laboratorio estaba ubicado en un cuarto bajo el sótano construido en secreto por obreros extranjeros, y contenía un enorme incinerador para eliminar dichos cadáveres, o fragmentos e imitaciones sintéticas de los mismos, como los que podrían sobrar de los experimentos morbosos y de las diversiones pecaminosas del dueño, de forma discreta y completa. Durante la excavación de este cuarto, los obreros habían encontrado algunas mamposterías excesivamente antiguas; sin duda, estaban conectadas con el viejo cementerio, pero se hallaban demasiado profundo como para que correspondieran a cualquier sepulcro conocido del lugar. Luego de varios cálculos, West decidió que representaba algún tipo de recámara secreta bajo la tumba de los Averill, donde el último entierro había sido en 1768. Estuve a su lado mientras analizaba los muros nitrogenados y húmedos que las palas y piquetas de aquellos hombres habían dejado al descubierto, y estaba preparado para la aterradora emoción que acompañaría el descubrimiento de secretos centenarios en las tumbas; pero por primera vez, la nueva timidez de West superó su curiosidad natural, y traicionó a su carácter en declive al ordenar que se dejase intacta y que se revocara la mampostería. Así quedó hasta esa última noche infernal; como parte de los muros del laboratorio secreto. Hablo sobre la decadencia de West, pero debo añadir que era algo puramente mental e intangible. Por fuera, tuvo la misma apariencia hasta el final: tranquilo, frío, bajo y rubio, con ojos celestes detrás de sus gafas y un aspecto joven general que no parecía cambiar a pesar de los años transcurridos y los miedos adquiridos. Parecía tranquilo incluso cuando pensaba en la tumba arañada y miraba a sus espaldas; incluso cuando pensaba en la criatura carnívora que roía y rasguñaba las rejas de Sefton.

El fin de Herbert West comenzó una noche en nuestro estudio conjun-

he was dividing his curious glance between the newspaper and me. A strange headline item had struck at him from the crumpled pages, and a nameless titan claw had seemed to reach down through sixteen years. Something fearsome and incredible had happened at Sefton Asylum fifty miles away, stunning the neighbourhood and baffling the police. In the small hours of the morning a body of silent men had entered the grounds and their leader had aroused the attendants. He was a menacing military figure who talked without moving his lips and whose voice seemed almost ventriloquially connected with an immense black case he carried. His expressionless face was handsome to the point of radiant beauty, but had shocked the superintendent when the hall light fell on it—for it was a wax face with eyes of painted glass. Some nameless accident had befallen this man. A larger man guided his steps; a repellent hulk whose bluish face seemed half eaten away by some unknown malady. The speaker had asked for the custody of the cannibal monster committed from Arkham sixteen years before; and upon being refused, gave a signal which precipitated a shocking riot. The fiends had beaten, trampled, and bitten every attendant who did not flee; killing four and finally succeeding in the liberation of the monster. Those victims who could recall the event without hysteria swore that the creatures had acted less like men than like unthinkable automata guided by the wax-faced leader. By the time help could be summoned, every trace of the men and of their mad charge had vanished.

From the hour of reading this item until midnight, West sat almost paralysed. At midnight the doorbell rang, startling him fearfully. All the servants were asleep in the attic, so I answered the bell. As I have told the police, there was no wagon in the street; but only a group of strange-looking figures bearing a large square box which they deposited in the hallway after one of them had grunted in a highly unnatural voice, "Express—prepaid." They filed out of the house with a jerky tread, and as I watched them go I had an odd idea that they were turning toward the ancient cemetery on which the back of the house abutted. When I slammed the door after them West came downstairs and looked at the box. It was about two feet square, and bore West's correct name and present address. It also bore the inscription, "From Eric Moreland Clapham-Lee, St. Eloi, Flanders". Six years before, in

to cuando repartía su mirada curiosa entre el periódico y yo. Un extraño titular lo atacó desde las páginas arrugadas, y una garra sin nombre de un titán pareció alcanzarlo a través de los últimos dieciséis años. Algo temible e increíble había sucedido en el Manicomio de Sefton a setenta y cinco kilómetros de distancia, y había sorprendido a la vecindad y desconcertado a la policía. Un grupo de hombres silenciosos había ingresado a las instalaciones y su líder había despertado a los empleados durante las horas de la madrugada. Era un militar amenazante que hablaba sin mover sus labios y cuya voz parecía conectada, casi como si se tratase de un ventrílocuo, a una enorme maleta negra que llevaba consigo. Su rostro inexpresivo era apuesto al punto de tener una belleza radiante, pero el director se sorprendió cuando la luz del pasillo lo iluminó: era un rostro de cera con ojos de vidrio pintados. Había sufrido un accidente innombrable. Un hombre más grande lo guiaba; era un repugnante mastodonte cuya cara azulada parecía haber sido carcomida a medias por alguna enfermedad desconocida. El orador había pedido la custodia del monstruo caníbal de Arkham que había sido internado dieciséis años antes; y cuando fue rechazado, hizo una seña que precipitó unos disturbios sorprendentes. Los monstruos apalearon, pisotearon y mordieron a todos los empleados que no pudieron escapar; asesinaron a cuatro y finalmente consiguieron liberar al engendro. Las víctimas que podían recordar el evento sin sufrir un ataque de histeria juraban que las criaturas actuaban no tanto como hombres sino más como autómatas descerebrados guiados por el líder de rostro de cera. Para cuando se pudo conseguir ayuda, todo rastro de los hombres y de su loco a cargo había desaparecido.

West se quedó casi paralizado desde que leyó ese artículo hasta la medianoche. A esa hora, sonó el timbre, lo que lo sobresaltó. Todos los sirvientes dormían en el ático, así que yo respondí al llamado. Como le dije a la policía, no había una carreta en la calle; solo un grupo de personas extrañas que llevaban consigo una gran caja cuadrada que depositaron en el vestíbulo luego de que uno de ellos gruñó, con una voz muy inusual: «Correo, con franqueo pagado». Huyeron de la casa con un andar brusco, y mientras los miraba alejarse, tuve la extraña ocurrencia de que estaban girando hacia el antiguo cementerio con el cual lindaba la parte trasera de la casa. Cuando cerré la puerta tras ellos, West bajó y miró la caja. Medía menos de medio metro cuadrado, y llevaba el nombre exacto de West y su dirección actual. También llevaba la inscripción «De parte de Eric Moreland Clapham-Lee, Saint Eloi, Flandes». Seis

Flanders, a shelled hospital had fallen upon the headless reanimated trunk of Dr. Clapham-Lee, and upon the detached head which—perhaps—had uttered articulate sounds.

West was not even excited now. His condition was more ghastly. Quickly he said, "It's the finish—but let's incinerate—this." We carried the thing down to the laboratory—listening. I do not remember many particulars—you can imagine my state of mind—but it is a vicious lie to say it was Herbert West's body which I put into the incinerator. We both inserted the whole unopened wooden box, closed the door, and started the electricity. Nor did any sound come from the box, after all.

It was West who first noticed the falling plaster on that part of the wall where the ancient tomb masonry had been covered up. I was going to run, but he stopped me. Then I saw a small black aperture, felt a ghoulish wind of ice, and smelled the charnel bowels of a putrescent earth. There was no sound, but just then the electric lights went out and I saw outlined against some phosphorescence of the nether world a horde of silent toiling things which only insanity—or worse—could create. Their outlines were human, semi-human, fractionally human, and not human at all—the horde was grotesquely heterogeneous. They were removing the stones quietly, one by one, from the centuried wall. And then, as the breach became large enough, they came out into the laboratory in single file; led by a stalking thing with a beautiful head made of wax. A sort of mad-eyed monstrosity behind the leader seized on Herbert West. West did not resist or utter a sound. Then they all sprang at him and tore him to pieces before my eyes, bearing the fragments away into that subterranean vault of fabulous abominations. West's head was carried off by the wax-headed leader, who wore a Canadian officer's uniform. As it disappeared I saw that the blue eyes behind the spectacles were hideously blazing with their first touch of frantic, visible emotion.

Servants found me unconscious in the morning. West was gone. The incinerator contained only unidentifiable ashes. Detectives have questioned me, but what can I say? The Sefton tragedy they will not connect with West; not that, nor the men with the box, whose existence they deny. I told them of the vault, and they pointed to the un-

años atrás, en Flandes, un hospital bombardeado había caído sobre el torso reanimado y sin cabeza del doctor Clapham-Lee, y sobre la cabeza cercenada que —quizá— había articulado sonidos inteligibles.

West ya ni siquiera estaba emocionado. Se veía mucho peor. Rápidamente, dijo: «Será lo último, pero incineremos esto». Llevamos la caja al laboratorio mientras escuchábamos con atención. No recuerdo muchos detalles —imaginarán mi estado mental— pero sería una vil mentira decir que lo que metí en el incinerador fue el cuerpo de Herbert West. Los dos introdujimos toda la caja de madera cerrada, cerramos la puerta, y encendimos la electricidad. Ningún sonido provino de la caja, después de todo.

West fue el primero en notar el revoque desprendiéndose de aquella parte del muro que cubría la antigua mampostería de las tumbas. Yo iba a escapar, pero él me detuvo. Entonces, vi una pequeña apertura negra, sentí un macabro viento gélido, y olí las cadavéricas entrañas de la tierra putrescente. No se oyó ningún sonido, pero en ese instante se apagaron las luces eléctricas y vi, perfilada contra cierta fosforescencia del inframundo, una horda de criaturas silenciosas con un andar penoso que solo podría ser creada por la locura —o algo peor—. Eran perfiles humanos, semi-humanos, parcialmente humanos y para nada humanos: la horda era grotescamente heterogénea. Removían en silencio, una por una, las piedras del muro centenario. Y entonces, cuando la brecha fue lo suficientemente grande, entraron en fila al laboratorio, guiados por una criatura al acecho con una bella mano hecha de cera. Una especie de monstruosidad de ojos locos que estaba tras el líder tomó a Herbert West. West no se resistió ni articuló ni un sonido. Entonces, todos se abalanzaron sobre él y lo despedazaron delante de mis propios ojos, llevándose los fragmentos a aquella bóveda subterránea de fabulosas abominaciones. El líder con la cabeza de cera, quien vestía el uniforme de un oficial canadiense, se llevó la cabeza de West. Mientras desaparecía, vi que los ojos celestes detrás de las gafas ardían horrorosamente con su primer llama de emoción visible y frenética.

Los sirvientes me encontraron inconsciente la mañana siguiente. West había desaparecido. Lo único que contenía el incinerador eran cenizas imposibles de identificar. Los detectives me han interrogado, pero, ¿qué puedo decir? No van a relacionar la tragedia de Sefton con West; ni a eso, ni a los hombres de la caja, cuya existencia niegan. Cuan-

broken plaster wall and laughed. So I told them no more. They imply that I am a madman or a murderer—probably I am mad. But I might not be mad if those accursed tomb-legions had not been so silent.

do les conté sobre la bóveda, señalaron el muro revocado intacto y se rieron. Así que no les conté nada más. Insinúan que soy un loco o un asesino. Probablemente esté loco. Pero no estaría loco si las malditas legiones de las tumbas no hubiesen sido tan silenciosas.

High up, crowning the grassy summit of a swelling mound whose sides are wooded near the base with the gnarled trees of the primeval forest, stands the old chateau of my ancesters. For centuries its lofty battlements have frowned down upon the wild and rugged countryside about, serving as a home and stronghold for the proud house whose honoured line is older oven than the moss-grown castle walls. These ancient turrets, stained by the storms of generations and crumbling under the slow yet mighty pressure of time, formed in the ages of feudalism one of the most dreaded and formidable fortresses in all France. From its machicolated parapets and mounted battlements Barons, Counts, and even Kings had been defied, yet never had its spacious halls resounded to the footstep of the invader.

But since those glorious years all is changed. A poverty but little above the level of dire want, together with a pride of name that forbids its alleviation by the pursuits of commercial life, have prevented the scions of our line from maintaining their estates in pristine splendour; and the falling stones of the walls, the overgrown vegetation in the parks, the dry and dusty mont, the ill-paved courtyards, and toppling towers without, as well as the sagging floors, the worm-eaten wainscots, and the faded tapestries within, all tell a gloomy tale of fallen grandeur. As the ages passed, first one, then another of the four great turrets were left to ruin, until at last but a single tower housed the sadly reduced descendants of the once mighty lords of the estate.

It was in one of the most and gloomy chambers of this remaining tower that I, Antoine, last of the unhappy and accursed Comtes de C———, first saw the light of day, ninety long years ago. Within these walls, and amongst the dark and shadowy forests, the wild ravines and grottoes of the hillside below, were spent the first years of my troubled life. My parents I never knew. My father had been killed at the age of thirty-two, a month before I was born, by the fall of a stone somehow dislodged from one of the deserted parapets of the castle, and my mother having died at my birth, my care and education de-

EL ALQUIMISTA

En lo alto, coronando la cima de un gran monte cubierto de hierba cuyas laderas están decoradas con los rugosos árboles de un bosque primitivo, yace el viejo *château*[1] de mis ancestros. Durante siglos, sus elevadas almenas han opacado la salvaje y rocosa campiña que lo rodea, y ha servido de hogar y bastión para la orgullosa dinastía cuyo honroso linaje es incluso más antiguo que los muros cubiertos de musgo del castillo. Estos torreones añejos, manchados por tormentas que han abarcado varias generaciones y que se desmoronan bajo la presión lenta pero fuerte del tiempo, conformaron, en las épocas del feudalismo, una de las fortalezas más temidas y formidables en toda Francia. Barones, condes e incluso reyes fueron desafiados desde sus parapetos matacanados, y sin embargo, jamás resonaron pisadas invasoras en sus espaciosos pasillos.

Pero todo ha cambiado desde aquellos años gloriosos. Una pobreza que por poco supera a la indigencia, junto con el orgullo de portar un nombre que prohibía aliviarla a través de actividades comerciales, impidió que los descendientes de nuestro linaje mantuviesen sus propiedades en su prístino esplendor; y las piedras que se desmoronaban en las paredes, la vegetación crecida en los parques, el monte seco y polvoriento, los patios mal empedrados, y sin contar las torres a punto de derrumbarse, además de los pisos hundidos, los zócalos devorados por los gusanos, y los tapices descolorados en el interior de los mismos delataban la pérdida de nuestro esplendor. Con el correr de los años, los cuatro grandes torreones quedaron en la ruina uno tras otro, hasta que una sola torre quedó alojando a los descendientes penosamente reducidos de los señores de la propiedad, quienes alguna vez habían sido poderosos.

Fue en uno de los aposentos más oscuros de esta última torre restante que yo, Antoine, el último de los infelices y malditos *comtes*[2] de C..., vi por primera vez la luz del día, noventa largos años atrás. Dentro de estas paredes, y entre los bosques oscuros y sombríos y los barrancos y grutas salvajes de la colina que yacía debajo, pasé los primeros años de mi vida atormentada. Jamás conocí a mis padres. Mi padre había muerto

---

1   N. de la T.: Castillo.
2   N. de la T.: Condes.

volved solely upon one remaining servitor, an old and trusted man of considerable intelligence, whose name I remember as Pierre. I was an only child, and the lack of companionship which this fact entailed upon me was augmented by the strange care exercised by my aged guardian in excluding me from the society of the peasant children whose abodes were scattered here and there upon the plains that surround the base of the hill. At the time, Pierre said that this restriction was imposed upon me because my noble birth placed me above association with such plebeian company. Now I know that its real object was to keep from my ears the idle tales of the dread curse upon our line, that were nightly told and magnified by the simple tenantry as they conversed in hushed accents in the glow of their cottage hearths.

Thus isolated, and thrown upon my own resources, I spent the hours of my childhood in poring over the ancient tomes that filled the shadow haunted library of the chateau, and in roaming without aim or purpose through the perpetual dusk of the spectral wood that clothes the sides of the hill near its foot. It was perhaps an effect of such surroundings that my mind early acquired a shade of melancholy. Those studies and pursuits which partake of the dark and occult in nature most strongly elated my attention.

Of my own race I was permitted to learn singularly little, yet what small knowledge of it I was able to gain, seemed to depress me much. Perhaps it was at first only the manifest reluctance of my old preceptor to discuss with me my paternal ancestry that gave rise to the terror which I ever felt at the mention of my great house, yet as I grew out of childhood, I was able to piece together disconnected fragments of discourse, let slip from the unwilling tongue which had begun to falter in approaching senility, that had a sort of relation to a certain circumstance which I had always deemed strange, but which now became dimly terrible. The circumstance to which I allude is the early age at which all the Comtes of my line had met their end. Whilst I had hitherto considered this but a natural attribute of a family of short-lived men, I afterward pondered long upon these premature deaths, and began to connect them with the wanderings of the old

a la edad de treinta y dos años, un mes antes de que yo naciera, cuando cayó una piedra que de alguna forma se había salido de los parapetos abandonados del castillo y, al morir mi madre en el parto, mi cuidado y educación recayó únicamente en el último vasallo restante, un anciano de confianza de una inteligencia considerable, cuyo nombre recuerdo que era Pierre. Fui hijo único, y la ausencia de compañía que este hecho conllevaba era empeorada por el extraño cuidado que me procuraba mi anciano guardián, al excluirme de la comunidad de los niños campesinos cuyos hogares estaban repartidos alrededor de la planicie que rodeaba la base de la colina. En ese entonces, Pierre decía que me imponía esta restricción ya que mi nobleza significaba que era superior a aquellos plebeyos. Ahora sé que su verdadero objetivo era evitar que oyera las habladurías sobre la temible maldición de nuestro linaje, que contaban y exageraban por las noches los simplones habitantes de la planicie mientras conversaban en voz baja, iluminados por los hogares de sus cabañas.

Aislado y dejado a mi suerte, pasé las horas de mi niñez investigando los antiguos volúmenes que llenaban la biblioteca colmada de sombras del *château*, y deambulando sin objetivo o propósito alguno bajo el crepúsculo perpetuo del bosque espectral que adornaba las laderas de la colina, cerca de su pie. Quizá fue producto de este ambiente que mi mente adquirió a una edad temprana cierto toque melancólico. Los estudios e investigaciones que más me apasionaban eran los que pertenecían a una naturaleza oscura y oculta.

Se me permitió aprender muy poco sobre mi propia estirpe, sin embargo, el poco conocimiento que pude adquirir me deprimía en exceso. Quizá al principio era solo la oposición manifiesta de mi anciano maestro a hablar conmigo sobre mi linaje paterno lo que sembró el terror que siempre sentí ante la mención de mi gran dinastía real, sin embargo, al crecer, pude unir fragmentos inconexos de conversaciones deslizados por su reacia lengua, ya que había empezado a decaer en su senilidad inminente, que estaban algo relacionados con cierta circunstancia que siempre me había resultado extraña, pero que ahora era mortecinamente terrible. La circunstancia a la cual hago alusión es la edad temprana a la cual habían fallecido todos los *comtes* de mi linaje. Mientras que anteriormente consideraba que era un atributo natural en una familia de vidas cortas, posteriormente medité largamente sobre estas muertes prematuras, y comencé a relacionarlas con ciertas divagaciones del

man, who often spoke of a curse which for centuries had prevented the lives of the holders of my title from much exceeding the span of thirty-two years. Upon my twenty-first birthday, the aged Pierre gave to me a family document which he said had for many generations been handed down from father to son, and continued by each possessor. Its contents were of the most startling nature, and its perusal confirmed the gravest of my apprehensions. At this time, my belief in the supernatural was firm and deep-seated, else I should have dismissed with scorn the incredible narrative unfolded before my eyes.

The paper carried me back to the days of the thirteenth century, when the old castle in which I sat had been a feared and impregnable fortress. It told of a certain ancient man who had once dwelt on our estates, a person of no small accomplishments, though little shove the rank of peasant; by name, Michel, usually designated by the surname of Mauvais, the Evil, on account of his sinister reputation. He had studied beyond the custom of his kind, seeking such things as the Philosopher's Stone, or the Elixir of Eternal Life, and was reputed wise in the terrible secrets of Black Magic and Alchemy. Michel Mauvais had one son, named Charles, a youth as proficient as himself in the hidden arts, and who had therefore been called Le Sorcier, or the Wizard. This pair, shunned by all honest folk, were suspected of the most hideous practices. Old Michel was said to have burnt his wife alive as a sacrifice to the Devil, and the unaccountable disappearances of many small peasant children were laid at the dreaded door of those two. Yet through the dark natures of the father and the son ran one redeeming ray of humanity; the evil old man loved his offspring with fierce intensity, whilst the youth had for his parent a more than filial affection.

One night the castle on the hill was thrown into the wildest confusion by the vanishment of young Godfrey son to Henri the Comte. A searching party, headed by the frantic father, invaded the cottage of the sorcerers and there came upon old Michel Muavais, busy over a huge and violently boiling cauldron. Without certain cause, in the ungoverned madness of fury and despair, the Comte laid hands on the aged wizard, and ere he released his murderous hold his victim was no more. Meanwhile joyful servants were proclaiming aloud the

anciano, quien a menudo hablaba sobre una maldición que había prevenido por siglos que la vida de los portadores de mi título excedieran los treinta y dos años. En ocasión de mi vigésimo primer cumpleaños, el anciano Pierre me otorgó un documento familiar que, explicó, había sido pasado de padre a hijo por generaciones, y que era continuado por cada uno de sus dueños. Su contenido era de una naturaleza alarmante y, al leerlo cuidadosamente, confirmé mi peor temor. En aquel entonces tenía una creencia firme y fuertemente arraigada en lo sobrenatural, de lo contrario, habría rechazado con desdén la veracidad de la increíble historia que se desplegaba ante mis ojos.

El documento me llevó al siglo XIII, cuando el viejo castillo en el que habitaba había sido una fortaleza temida e impenetrable. Relataba la historia de cierto hombre anciano que residía en nuestras propiedades tiempo atrás, una persona con muchos logros, aunque era poco más que un campesino; su nombre era Michel, pero usualmente era llamado por el sobrenombre de *Mauvais*, el Malvado, debido a su reputación siniestra. Había estudiado mucho más que sus semejantes, y había buscado objetos tales como la piedra filosofal o el elixir de la inmortalidad, y tenía la reputación de tener vastos conocimientos sobre los terribles secretos de la magia negra y la alquimia. Michel *Mauvais* tenía un hijo llamado Charles, un joven tan versado como lo era su padre en las artes ocultas, y quien por ello era llamado *Le Sorcier*, el Brujo. Se sospechaba que el dúo, rehuido por toda la gente honesta, llevaba a cabo las prácticas más horrorosas. Se decía que el viejo Michel había quemado viva a su esposa como parte de un sacrificio en nombre del diablo, y se acusaba a la ruin pareja de estar detrás de la desaparición de incontables niños campesinos. Sin embargo, un destello de humanidad redimía e iluminaba sus oscuras naturalezas; el malvado anciano amaba a su hijo con una intensidad inamovible, mientras que el joven sentía más que simple aprecio filial hacia su padre.

Una noche, el castillo en la colina se sumió en una confusión caótica debido a la desaparición del joven Godfrey, hijo del *comte* Henri. Un grupo que salió en su búsqueda, encabezado por su padre desesperado, invadió la cabaña de los hechiceros y se encontró con el viejo Michel *Mauvais*, ocupado con un caldero enorme que hervía violentamente. Sin tener una razón certera, y al verse afectado por la locura ingobernable de su furia y desesperación, el *comte* atacó al anciano mago y antes de quitar sus manos homicidas de él, su víctima ya estaba muerta. Mien-

finding of young Godfrey in a distant and unused chamber of the great edifice, telling too late that poor Michel had been killed in vain. As the Comte and his associates turned away from the lowly abode of the alchemists, the form of Charles Le Sorcier appeared through the trees. The excited chatter of the menials standing about toll him what had occurred, yet he seemed at first unmoved at his father's fate. Then, slowly advancing to meet the Comte, he pronounced in dull yet terrible accents the curse that ever afterward haunted the house of C———.

> "May ne'er a noble of thy murd'rous line
> Survive to reach a greater age than thine"!

spake he, when, suddenly leaping backwards into the black wood, he drew from his tunic a phial of colourless liquid which he throw in the face of his father's slayer as he disappeared behind the inky curtain of the night. The Comte died without utterance, and was buried the next day, but little more than two and thirty years from the hour of his birth. No trace of the assassin could be found, though relentless bands of peasants scoured the neighboring woods and the meadow-land around the hill.

Thus tine and the want of a reminder dulled the memory of the curse in the minds of the late Comte's family, so that when Godfrey, innocent cause of the whole tragedy and now bearing the title, was killed by an arrow whilst hunting, at the age of thirty-two, there were no thoughts save those of grief at his demise. But when, years afterward, the next young Comte, Robert by name, was found dead in a nearby field from no apparent cause, the peasants told in whispers that their seigneur had but lately passed his thirty-second birthday when surprised by early death. Louis, son to Robert, was found drowned in the moat at the same fateful age, and thus down through the centuries ran the ominous chronicle; Henris, Roberts, Antoines, and Armands snatched from happy and virtuous lives when a little below the age of their unfortunate ancestor at his murder.

That I had left at most but eleven years of further existence was

tras tanto, alegres sirvientes anunciaban a gritos que habían hallado al joven Godfrey en una distante recámara en desuso de la gran edificación, advirtiendo demasiado tarde que el pobre Michel había muerto en vano. Mientras el *comte* y sus colegas se alejaban de la humilde morada de los alquimistas, la figura de Charles *Le Sorcier* apareció entre los árboles. La emocionada charla de los criados que estaban a su alrededor le anunció lo que había ocurrido, sin embargo, al principio no pareció conmovido por el destino de su padre. Entonces, mientras avanzaba lentamente para encontrarse con el *comte*, pronunció la maldición que acecharía a la dinastía C... por generaciones con un tono monótono pero terrible. Exclamó:

> ¡Un noble de su linaje jamás
> vuestra edad en años superará!

Entonces, retrocediendo con un salto hacia los oscuros bosques, sacó de su túnica un frasco de un líquido incoloro, y procedió a arrojarlo en el rostro del asesino de su padre mientras desaparecía tras el oscuro telón de la noche. El *comte* murió sin decir una palabra, y fue enterrado el día siguiente, poco después de que se cumplieran treinta y dos años desde que había nacido. No se encontró ni un rastro de su mercenario, ni con los incontables grupos de campesinos que buscaron por toda la extensión del bosque circundante y de los prados alrededor de la colina.

Así, el dolor y la falta de un recordatorio opacaron el recuerdo de la maldición en las mentes de la familia del fallecido *comte*, por lo cual, cuando Godfrey, quien, sin saberlo, había causado la tragedia y portaba el título en aquel entonces, falleció al ser alcanzado por una flecha mientras cazaba, a la edad de treinta y dos años, no se pensó más que en el dolor que causaba su pérdida. Pero cuando el joven *comte* que lo sucedió, llamado Robert, fue hallado muerto sin causa aparente años después en un campo vecino, los campesinos murmuraron que su señor había cumplido treinta y dos años poco antes de que lo sorprendiera su muerte temprana. Louis, hijo de Robert, fue encontrado ahogado en el foso a esa misma edad fatídica, y así, la misteriosa crónica describía siglos enteros; Henris, Roberts, Antoines y Armands arrebatados de sus vidas felices y virtuosas cuando tenían poco menos que la edad que tenía su desafortunado ancestro al morir.

Las palabras que leí me hicieron entender que me quedaban, como

made certain to me by the words which I read. My life, previously held at small value, now became dearer to me each day, as I delved deeper and deeper into the mysteries of the hidden world of black magic. Isolated as I was, modern science had produced no impression upon me, and I laboured as in the Middle Ages, as wrapt as had been old Michel and young Charles themselves in the acquisition of demonological and alchemical learning. Yet read as I might, in no manner could I account for the strange curse upon my line. In unusually rational moments, I would even go so far as to seek a natural explanation, attributing the early deaths of my ancestors to the sinister Charles Le Sorcier and his heirs; yet having found upon careful inquiry that there were no known descendants of the alchemist, I would fall back to my occult studies, and once more endeavour to find a spell that would release my house from its terrible burden. Upon one thing I was absolutely resolved. I should never wed, for since no other branches of my family were in existence, I might thus end the curse with myself.

As I drew near the age of thirty, old Pierre was called to the land beyond. Alone I burled him beneath the stones of the courtyard about which he had loved to wander in life. Thus was I left to ponder on myself as the only human creature within the great fortress, and in my utter solitude my mind began to cease its vain protest against the impending doom, to become almost reconciled to the fate which so many of my ancesters had met. Much of my time was now occupied in the exploration of the ruined and abandoned halls and tower of the old chateau, which in youth fear had caused me to shun, and some of which old Pierre had once told me, had not been trodden by human foot for over four centuries. Strange and awsome were many of the objects I encountered. Furniture, covered by the dust of ages and crumbling with the rot of long dampness met my eyes. Cobwebs in a profusion never before seen by me were spun everywhere, and huge bats flapped their bony and uncanny wings on all sides of the otherwise untenanted gloom.

Of my exact age, even down to days and hours, I kept a most careful record, for each movement of the pendulum of the massive clock in the library told off so much more of my doomed existence. At length I approached that time which I had so long viewed with apprehension.

mucho, once años de vida. Mi vida, que anteriormente poseía poco valor, ahora me resultaba cada vez más preciada con el correr de los días, mientras me sumergía más y más en los misterios del mundo oculto de la magia negra. Al estar tan aislado, la ciencia moderna no me impresionaba, y trabajaba como en la Edad Media, tan absorto en la adquisición de conocimientos demonológicos y alquímicos como lo habían estado el viejo Michel y el joven Charles. Sin embargo, sin importar cuánto leyese, no podía explicar la extraña maldición que aquejaba a mi linaje de ninguna manera. En momentos inusualmente racionales, llegaba al punto de buscar una explicación racional, y atribuía las muertes tempranas de mis ancestros al siniestro Charles *Le Sorcier* y sus herederos, sin embargo, al encontrar, luego de indagar cuidadosamente que el alquimista no tenía descendientes conocidos, regresé a mis estudios del ocultismo, y una vez más me empeñaba en encontrar un hechizo que liberara a mi casa de su terrible carga. Había una cuestión que había decidido con firmeza: jamás me casaría, puesto que si no existían más ramas de mi familia, yo mismo acabaría con la maldición.

Cuando estaba cerca de los treinta años, el viejo Pierre se fue a un lugar mejor. Lo enterré, solo, bajo las piedras del patio sobre las cuales amaba pasear en vida. Así, terminé siendo el único ser humano dentro de la gran fortaleza y, en completa soledad, mi mente comenzó a dejar de protestar en vano contra su inminente final, a casi hacer las pases con el destino con el que se habían encontrado tantos ancestros míos. Ocupaba la mayoría de mi tiempo explorando los pasillos y la torre, ambos arruinados y abandonados, del viejo *château*, de los cuales rehuía en mi juventud debido al miedo que me ocasionaban, y que el viejo Pierre me había dicho que no habían sido pisados por humanos en más de cuatro siglos. Encontré muchos objetos extraños y asombrosos. Avisté muebles cubiertos por polvo acumulado a través de largos años y que se desmoronaban con la podredumbre de antigua humedad. Una abundancia de telarañas de una magnitud que jamás había visto antes colgaba por todas partes, y enormes murciélagos batían sus alas huesudas y extrañas por todos los rincones de la penumbra de la cual eran los únicos habitantes.

Mantenía cuidadoso registro de mi edad exacta, contando incluso días y horas, puesto que cada movimiento del péndulo del gigante reloj de la biblioteca descontaba mucho más de mi existencia condenada. Finalmente, se acercaba el momento que había temido por tanto tiempo.

Since most of my ancesters had been seized some little while before they reached the exact age of the Comte Henri at his end, I was every moment on the watch for the coming of the unknown death. In what strange form the curse should overtake me, I knew not; but I was resolved at least, that it should not find me a cowardly or a passive victim. With new vigour I applied myself to my examination of the old chateau and its contents.

It was upon one of the longest of all my excursions of discovery in the deserted portion of the castle, less than a week before that fatal hour which I felt must mark the utmost limit of my stay on earth; beyond which I could have not even the slightest hope of continuing to draw breath, that I came upon the culminating event of my whole life. I had spent the better part of the morning in climbing up and down half ruined staircases in one of the most dilapidated of the ancient turrets. As the afternoon progressed, I sought the lower levels, descending into what appeared to be either a mediaeval place of confinement, or a more recently excavated storehouse for gunpowder. As I slowly traversed the nitre-encrusted passageway at the foot of the last staircase, the paving became very damp, and soon I saw by the light of my flickering torch that a blank, water-stained wall impeded my journey. Turning to retrace my steps, my eye fell upon a small trap-door with a ring, which lay directly beneath my feet. Pausing, I succeeded with difficulty in raising it, whereupon there was revealed a black aperture, exhaling noxious fumes which caused my torch to sputter, and disclosing in the unsteady glare the top of a flight of stone stops. As soon as the torch, which I lowered into the repellent depths, burned freely and steadily, I commenced my descent. The steps were many, and led to a narrow stone-flagged passage which I knew must be far underground. This passage proved of great length, and terminated in a massive oaken door, dripping with the moisture of the place, and stoutly resisting all my attempts to open it. Ceasing after a time my efforts in this direction, I had proceeded back some distance toward the steps, when there suddenly fell to my experience one of the most profound and maddening shocks capable of reception by the human mind. Without warning, *I heard the heavy door behind me creak slowly open upon its rusted hinges.* My immediate sensations are incapable of analysis. To be confronted in a place as thoroughly deserted as I had deemed the old castle with evidence of the presence of man or spirit, produced in my brain a horror of the most acute

Debido a que la vida de la mayoría de mis ancestros había sido arrebatada poco antes de que llegaran a la edad que tenía el *comte* Henri al morir, estaba en constante alerta ante la llegada de la muerte desconocida. Desconocía de qué forma me sorprendería la maldición; pero al menos había decidido que no sería una víctima cobarde o pasiva de ella. Me dediqué a examinar el viejo *château* y sus contenidos con una nueva energía.

Durante una de mis excursiones de exploración más largas en aquella parte deshabitada del castillo, faltando menos de una semana para aquella hora que sentía que marcaría el límite de mi vida en la tierra; más allá de la cual no tenía la más mínima esperanza de seguir respirando, me topé con el evento culminante de mi vida entera. Pasé casi toda la mañana subiendo y bajando escaleras medio arruinadas en uno de los torreones antiguos más dañados por el paso del tiempo. Con el correr de la tarde, bajé a los pisos inferiores, y descendí a lo que parecía ser ya sea un espacio de reclusión medieval o un almacén de pólvora excavado hacía no tanto tiempo. Mientras recorría lentamente el pasadizo cubierto de nitro al pie de la última escalera, la losa a mis pies empezaba a ser muy húmeda, y pronto vi, bajo la luz de mi antorcha parpadeante, que un muro vacío y manchado con agua me impedía el paso. Cuando me giré para desandar el camino, avisté un pequeño escotillón con una manija en forma de aro que yacía a mis pies. Me detuve y levanté la manija con dificultad, y allí se me reveló una apertura negra, de la cual salía un humo tóxico que provocó que mi antorcha chisporrotee, y descubrí, en aquel fulgor inestable, la cima de una escalera de piedra. Cuando la antorcha, que bajé hacia las repugnantes profundidades, ardió de una forma libre y estable, comencé mi descenso. La escalera tenía muchos peldaños, y conducía a un pasadizo de piedra que sabía que debía estar incluso más profundo. Este pasadizo resultó ser muy largo, y terminaba en una gigante puerta de roble, que chorreaba debido a la humedad del lugar y se resistía obstinadamente a mis intentos por abrirla. Luego de un rato, dejé de enfocar mis esfuerzos en esta dirección, y volví a encaminarme hacia los escalones, cuando, repentinamente, experimenté una de las sorpresas más profundas y enloquecedoras que puede recibir la mente humana. Sin aviso previo, *oí como la pesada puerta que estaba detrás mío lentamente se abría sobre sus bisagras oxidadas.* Es imposible analizar lo que sentí inmediatamente en aquel momento. Encontrar, en un lugar tan desierto como me resultaba el viejo castillo, evidencia de la presencia de un hombre o un espíritu produjo en mi cerebro el te-

description. When at last I turned and faced the seat of the sound, my eyes must have started from their orbits at the sight that they beheld. There in the ancient Gothic doorway stood a human figure. It was that of a man clad in a skull-cap and long mediaeval tunic of dark colour. His long hair and flowing beard were of a terrible and intense black hue, and of incredible profusion. His forehead, high beyond the usual dimensions; his cheeks, deep sunken and heavily lined with wrinkles; and his hands, long, claw-like and gnarled, were of such a deathly, marble-like whiteness as I have never elsewhere seen in man. His figure, lean to the proportions of a skeleton, was strangely bent and almost lost within the voluminous folds of his peculiar garment. But strangest of all were his eyes; twin caves of abysmal blackness; profound in expression of understanding, yet inhuman in degree of wickedness. These were now fixed upon me, piercing my soul with their hatred, and rooting me to the spot whereon I stood. At last the figure spoke in a rumbling voice that chilled me through with its dull hollowness and latent malevolence. The language in which the discourse was clothed was that debased form of Latin in use amongst the more learned mon of the Middle Ages, and made familiar to me by my prolonged researches into the works of the old alchemists and demonologists. The apparition spoke of the curse which had hovered over my house, told me of my coming end, dwelt on the wrong perpetrated by my ancester against old Michael Mauvais, and gloated over the revenge of Charles Le Sorcier. He told how the young Charles had escaped into the night, returning in after years to kill Godfrey the heir with an arrow just as he approached the age which had been his father's at his assassination; how he had secretly returned to the estate and established himself, unknown, in the even then deserted subterranean chamber whose doorway now framed the hideous narrator; how he had seized Robert, son of Godfrey, in a field, forced poison down his throat and left him to die at the age of thirty-two, thus maintaining the foul provisions of his vengeful curse. At this point I was left to imagine the solution of the greatest mystery of all, how the curse had been fulfilled since that time when Charles Le Sorcier must in the course of nature have died, for the man digressed into an account of the deep alchemical studies of the two wizards, father and son, speaking most particularily of the researches of Charles Le Sorcier concerning the elixir which should grant to him who partook of it eternal life and youth.

rror más profundo. Cuando finalmente me di la vuelta y me enfrenté a la fuente del sonido, mis ojos deben haberse salido de sus cuentas al presenciar lo que estaba frente a ellos. Allí, en el antiguo portal gótico, se encontraba una figura humana. Pertenecía a un hombre vestido con un casquete y una larga túnica medieval de color oscuro. Su cabello largo y su barba ondulada tenían una tonalidad negra terrible e intensa, y ambos eran increíblemente abundantes. Su frente superaba las dimensiones usuales; sus mejillas estaban hundidas y surcadas profundamente por arrugas; y sus manos, largas, encallecidas y similares a unas garras, tenían una palidez tan mortal y marmoleada que jamás la he visto en otro hombre. Su figura, que casi tenía las proporciones de un esqueleto, se inclinaba extrañamente y casi se perdía en los voluminosos pliegues de su prenda peculiar. Pero lo más extraño en él eran sus ojos; cuevas gemelas de una oscuridad abismal; que tenían una profunda expresión de comprensión, y sin embargo, también un inhumano nivel de maldad. Ahora, se fijaban en mí, penetrando mi alma con su odio, e inmovilizándome donde estaba. Finalmente, la figura habló en una voz estruendosa que me congeló con su vaciedad monótona y su malevolencia latente. El lenguaje en el que revestía sus palabras era esa forma degenerada del latín utilizada entre los hombres más sabios de la Edad Media, que yo conocía gracias a mis largas investigaciones de las obras de antiguos alquimistas y demonólogos. La aparición me habló sobre la maldición que había afectado a mi dinastía, me anunció mi final próximo, se explayó sobre la injusticia perpetrada por mi ancestro contra el viejo Michel *Mauvais*, y festejó la venganza de Charles *Le Sorcier*. Me contó cómo el joven Charles escapó hacia las profundidades de la noche, y cómo regresó años después para matar a Godfrey, el heredero, con una flecha, mientras se acercaba a la edad que tenía su padre cuando fue asesinado; cómo regresó en secreto a la propiedad y se asentó, sin que nadie lo supiera, en el aposento subterráneo que ya para ese entonces estaba desierto, cuyo portal ahora enmarcaba al horroroso narrador; cómo había asido a Robert, hijo de Godfrey, en un campo, lo forzó a tragar veneno y lo dejó morir a la edad de treinta y dos años, manteniendo así las disposiciones crueles de su maldición vengativa. Para este punto, la solución del misterio más grande quedó a mi imaginación: cómo se habría cumplido la maldición desde el momento en el que Charles *Le Sorcier* debería haber muerto siguiendo las leyes de la naturaleza, puesto que el hombre divagó mientras relataba los profundos estudios académicos de dos hechiceros, padre e hijo, haciendo especial hincapié en las investigaciones de Charles *Le Sorcier* sobre el elixir que le otorgaría

His enthusiasm had seemed for the moment to remove from his terrible eyes the hatred that had at first so haunted them, but suddenly the fiendish glare returned, and with a shocking sound like the hissing of a serpent, the stranger raised a glass phial with the evident intent of ending my life as had Charles Le Sorcier, six hundred years before, ended that of my ancestor. Prompted by some preserving instinct of self-defense, I broke through the spell that had hitherto held me immovable, and flung my now dying torch at the creature who menaced my existence. I heard the phial break harmlesly against the stones of the passage as the tunic of the strange man caught fire and lit the horrid scene with a gastly radiance. The shriek of fright and impotent malice emitted by the would-be assassin proved too much for my already shaken nerves, and I fell prone upon the slimy floor in a total faint.

When at last my senses returned, all was frightfully dark, and my mind remembering what had occurred, shrank from the idea of beholding more; yet curiosity overmastered all. Who, I asked myself, was this man of evil, and how came he within the castle walls? Why should he seek to avenge the death of poor Michel Mauvais, and how had the curse been carried on through all the long centuries since the time of Charles Le Sorier? The dread of years was lifted off my shoulders, for I knew that he whom I had felled was the source of all my danger from the curse; and now that I was free, I burned with the desire to learn more of the sinister thing which had haunted my line for centuries, and made of my own youth one long-continued nightmare. Determined upon further exploration, I felt in my pockets for flint and steel, and lit the unused torch which I had with me. First of all, the new light revealed the distorted and blackened form of the mysterious stranger. The hideous eyes were now closed. Disliking the sight, I turned away and entered the chamber beyond the Gothic door. Here I found what seemed much like an alchemist's laboratory. In one corner was an immense pile of a shining yellow metal that sparkled gorgeously in the light of the torch. It may have been gold, but I did not pause to examine it, for I was strangely affected by that which I had undergone. At the farther end of the apartment was an opening leading out into one of the many wild ravines of the dark hillside forest. Filled with wonder, yet now realizing how the man had

una vida y juventud eterna a quien lo bebiera.

Su entusiasmo pareció borrar por un momento el odio que al princi-pio colmaba sus terribles ojos, pero repentinamente, aquella monstruo-sa mirada regresó, y con un sorprendente sonido, similar al siseo de una serpiente, el extraño alzó un frasco de vidrio con el evidente propósito de acabar con mi vida de la misma forma en la que Charles *Le Sorcier* ha-bía acabado con la de mi ancestro seiscientos años atrás. Impulsado por un instinto de conservación y defensa personal, rompí el hechizo que hasta ese entonces me inmovilizaba, y lancé mi antorcha agonizante a la criatura que amenazaba mi existencia. Oí como el frasco se rompía, sin llegar a dañarme, contra las piedras del pasadizo, mientras la túnica del extraño hombre se incendiaba e iluminaba la escena con un brillo horripilante. El grito de miedo y malicia impotente que emitió quien as-piraba a asesinarme fue demasiado para mis nervios ya alterados, y caí boca abajo al suelo viscoso, completamente desmayado.

Cuando por fin recuperé la consciencia, me encontraba sumido en una oscuridad total y espantosa, y mi mente, al recordar lo que había ocurrido, quiso evitar la idea de presenciar aún más; sin embargo, mi curiosidad fue más fuerte. ¿Quién, me preguntaba, era este hombre del mal, y cómo apareció dentro de los muros del castillo? ¿Por qué buscaba vengar la muerte del pobre Michel *Mauvais*, y cómo había continuado la maldición en los largos siglos que habían transcurrido desde las épo-cas de Charles *Le Sorcier?* El temor que sentí durante años desapareció, pues sabía que había derribado a la fuente del peligro que representaba para mí la maldición; y ahora que era libre, ardía en deseos de saber más sobre la cosa siniestra que había acechado a mi linaje por siglos, y que hizo de mi juventud una larga y continua pesadilla. Determina-do a seguir explorando, busqué un mechero en mis bolsillos, y encendí la antorcha sin usar que cargaba conmigo. Primero, la nueva luz reveló la figura distorsionada y oscurecida del extraño misterioso. Sus horro-rosos ojos estaban cerrados ahora. Disgustado por la escena, me di la vuelta y entré en el aposento que estaba detrás de la puerta gótica. Aquí encontré un espacio muy similar al laboratorio de un alquimista. En un rincón yacía una inmensa pila de un metal brillante y amarillo, que cen-telleaba bellamente bajo la luz de la antorcha. Puede que haya sido oro, pero no me detuve a examinarlo, pues estaba extrañamente afectado por lo que me había sucedido. En la parte más remota de la habitación, había una apertura que conducía a uno de los muchos barrancos sil-

obtained access to the chateau, I proceeded to return. I had intended to pass by the remains of the stranger with averted face, but as I approached the body, I seemed to hear emanating from it a faint sound, as though life were not yet wholly extinct. Aghast, I turned to examine the charred and shrivelled figure on the floor.

Then all at once the horrible eyes, blacker even than the scarred face in which they were set, opened wide with an expression which I was unable to interpret. The cracked lips tried to frame words which I could not well understand. Once I caught the name of Charles Le Sorcier, and again I fancied that the words "years" and "curse" issued from the twisted mouth. Still I was at a loss to gather the purport of his disconnected speech. At my evident ignorance of his meaning, the pitchy eyes once more flashed malevolently at me, until, helpless as I saw my opponent to be, I trembled as I watched him.

Suddenly the wretch, animated with his last burst of strength, raised his hideous head from the damp and sunken pavement. Then, as I remained, paralyzed with fear, he found his voice and in his dying breath screamed forth those words which have ever afterward haunted my days and my nights. "Fool", he shrieked, "can you not guess my secret? Have you no brain whereby you may recognize the will which has through six long centuries fulfilled the dreadful curse upon your house? Have I not told you of the great elixir of eternal life? Know you not how the secret of Alchemy was solved? I tell you, it is I! I! *I! that have lived for six hundred years to maintain my revenge,* FOR I AM CHARLES LE SORCIER!"

vestres del oscuro bosque en la ladera de la colina. Lleno de asombro al darme cuenta de cómo ese hombre había accedido al *château*, procedí a emprender mi regreso. Tenía la intención de pasar por los restos del extraño sin mirarlo, pero mientras me acercaba al cuerpo, me pareció oír que emanaba de él un tenue sonido, como si su vida no se hubiese apagado por completo. Horrorizado, me di la vuelta para examinar a la figura carbonizada y arrugada que yacía en el suelo.

Entonces, de pronto, esos horribles ojos, que eran incluso más negros que la cara llena de cicatrices que habitaban, se abrieron de par en par con una expresión que no pude interpretar. Sus labios resecos intentaron formar palabras que no pude entender bien. Comprendí que nombró a Charles *Le Sorcier* una vez, y también creí entender que las palabras «años» y «maldición» se desprendieron de su perversa boca. Aún así, desconocía el significado de aquellas palabras inconexas. Ante mi evidente ignorancia de lo que quería decir, sus ojos de ébano fulguraron malevolamente, hasta que, indefenso ante mi futuro oponente, temblé mientras lo miraba.

De pronto, el desgraciado, impulsado por sus últimas fuerzas, levantó su horrorosa cabeza del suelo húmedo y hundido. Entonces, mientras yo seguía paralizado de miedo, halló su voz y, con su último aliento, gritó esas palabras que han acechado mis días y noches desde aquel instante.

—Tonto —chilló—, ¿no puedes adivinar mi secreto? ¿No tienes un cerebro con el que reconocer la voluntad que ha hecho que se cumpla la terrible maldición de tu dinastía por seis largos siglos? ¿No te he hablado sobre el gran elixir de la inmortalidad? ¿No sabes tú cómo fue encontrado el secreto de la alquimia? ¡Te digo que soy yo! ¡Yo! *¡Yo, que he vivido por seiscientos años para asegurar mi venganza,* SOY CHARLES *LE SORCIER!*

THE CATS OF ULTHAR

It is said that in Ulthar, which lies beyond the river Skai, no man may kill a cat; and this I can verily believe as I gaze upon him who sitteth purring before the fire. For the cat is cryptic, and close to strange things which men can not see. He is the soul of antique Ægyptus, and bearer of tales from forgotten cities in Meroë and Ophir. He is the kin of the jungle's lords, and heir to the secrets of hoary and sinister Africa. The Sphinx is his cousin, and he speaks her language; but he is more ancient than the Sphinx, and remembers that which she hath forgotten.

In Ulthar, before ever the burgesses forbade the killing of cats, there dwelt an old cotter and his wife who delighted to trap and slay the cats of their neighbors. Why they did this I know not; save that many hate the voice of the cat in the night, and take it ill that cats should run stealthily about yards and gardens at twilight. But whatever the reason, this old man and woman took pleasure in trapping and slaying every cat which came near to their hovel; and from some of the sounds heard after dark, many villagers fancied that the manner of slaying was exceedingly peculiar. But the villagers did not discuss such things with the old man and his wife; because of the habitual expression on the withered faces of the two, and because their cottage was so small and so darkly hidden under spreading oaks at the back of a neglected yard. In truth, much as the owners of cats hated these odd folk, they feared them more; and instead of berating them as brutal assassins, merely took care that no cherished pet or mouser should stray toward the remote hovel under the dark trees. When through some unavoidable oversight a cat was missed, and sounds heard after dark, the loser would lament impotently; or console himself by thanking Fate that it was not one of his children who had thus vanished. For the people of Ulthar were simple, and knew not whence it is that all cats first came.

One day a caravan of strange wanderers from the South entered the narrow cobbled streets of Ulthar. Dark wanderers they were, and unlike the other roving folk who passed through the village twice

Se dice que en Ulthar, que está pasando el río Skai, está prohibido matar gatos; y esto es algo en lo que creo férreamente mientras observo a uno que está sentado junto al fuego mientras ronronea. Sucede que el gato es un enigma, y es cercano a aquellas cosas extrañas que el hombre no percibe. Es el alma del antiguo Egipto, y carga con los relatos de las ciudades olvidadas de Meroe y Ofir. Es pariente del señorío de la jungla, y heredero de los secretos de la antiquísima y siniestra África. Su prima es la Esfinge, y hablan el mismo idioma; pero es incluso más antiguo que la Esfinge, y recuerda todo lo que ella olvidó.

En Ulthar, antes de que los burgueses prohibieran asesinar gatos, vivían un granjero anciano y su esposa, y disfrutaban de atrapar y asesinar a los gatos de sus vecinos. Desconozco por qué hacían esto; quitando el hecho de que muchos odian oír las voces de los gatos por las noches; y les disgusta que los gatos corran sigilosamente por los patios y jardines durante el crepúsculo. Sin importar cuál fuese la razón, la pareja anciana encontraba placer en atrapar y asesinar a todos los gatos que se acercaran a su casucha; y a partir de algunos ruidos que se oían luego del anochecer, muchos aldeanos concluían que la forma en la que eran asesinados era excesivamente peculiar. Pero los aldeanos no discutían estas cuestiones con el anciano y su esposa; y esto se debía tanto a la expresión habitual en las arrugadas caras de la pareja, como al hecho de que su cabaña era diminuta y estaba oculta en la penumbra, bajo los robles que se extendían en el fondo de un patio descuidado. La realidad era que, si bien los dueños de los gatos odiaban a este par extraño, les temían incluso más; y en lugar de reprenderlos por ser brutales asesinos, simplemente tenían cuidado de que ningún animal querido, ya fuese una mascota o un cazador de ratones, vagara hacia la remota casucha ubicada bajo los árboles oscuros. Cuando un gato se extraviaba bajo algún descuido inevitable y se oían ruidos luego del anochecer, quien perdía a su gato se lamentaba impotentemente, o se consolaría agradeciéndole al destino que no era uno de sus hijos quien había desaparecido. Las personas de Ulthar eran simples, y desconocían la antigüedad de los gatos.

Un día, una caravana de extraños viajeros proveniente del sur ingresó a las angostas calles empedradas de Ulthar. Eran personas oscuras, y eran diferentes a otros viajeros errantes que llegaban a la aldea dos ve-

every year. In the market-place they told fortunes for silver, and bought gay beads from the merchants. What was the land of these wanderers none could tell; but it was seen that they were given to strange prayers, and that they had painted on the sides of their wagons strange figures with human bodies and the heads of cats, hawks, rams, and lions. And the leader of the caravan wore a headdress with two horns and a curious disk betwixt the horns.

There was in this singular caravan a little boy with no father or mother, but only a tiny black kitten to cherish. The plague had not been kind to him, yet had left him this small furry thing to mitigate his sorrow; and when one is very young, one can find great relief in the lively antics of a black kitten. So the boy whom the dark people called Menes smiled more often than he wept as he sate playing with his graceful kitten on the steps of an oddly painted wagon.

On the third morning of the wanderers' stay in Ulthar, Menes could not find his kitten; and as he sobbed aloud in the market-place certain villagers told him of the old man and his wife, and of sounds heard in the night. And when he heard these things his sobbing gave place to meditation, and finally to prayer. He stretched out his arms toward the sun and prayed in a tongue no villager could understand; though indeed the villagers did not try very hard to understand, since their attention was mostly taken up by the sky and the odd shapes the clouds were assuming. It was very peculiar, but as the little boy uttered his petition there seemed to form overhead the shadowy, nebulous figures of exotic things; of hybrid creatures crowned with horn-flanked disks. Nature is full of such illusions to impress the imaginative.

That night the wanderers left Ulthar, and were never seen again. And the householders were troubled when they noticed that in all the village there was not a cat to be found. From each hearth the familiar cat had vanished; cats large and small, black, gray, striped, yellow and white. Old Kranon, the burgomaster, swore that the dark folk had taken the cats away in revenge for the killing of Menes' kitten; and cursed the caravan and the little boy. But Nith, the lean notary, declared that the old cotter and his wife were more likely persons

ces por año. En el mercado, leían la suerte a cambio de oro y compraban vistosas cuentas a los mercaderes. Nadie sabía de dónde provenían estos viajeros; pero se los había visto sumidos en rezos extraños, y tenían extrañas figuras de cuerpos humanos y cabezas de gatos, halcones, carneros y leones pintadas en los costados de sus carretas. El líder de la caravana vestía un tocado con dos cuernos y un disco curioso entre ellos.

En esta caravana singular, había un niño que no tenía ni padre ni madre, cuyo único ser querido era un pequeño gatito negro. La peste no había sido amable con él, pero le había dejado este peludito para aplacar sus penas; y cuando se es muy joven, se encuentra gran consuelo en las diversiones de un gatito negro. Así que el niño, que las personas oscuras llamaban Menes, sonreía mucho más de lo que lloraba mientras jugaba con su elegante gatito en las escaleras de una carreta con pinturas extrañas.

En la tercera mañana de la estadía de los viajeros en Ulthar, Menes no pudo encontrar a su gatito; y mientras sollozaba en voz alta en el mercado, ciertos aldeanos le contaron sobre el anciano y su esposa, y sobre los ruidos que se oían por las noches. Y cuando escuchó estos relatos, pasó de sollozar a meditar y, finalmente, comenzó a rezar. Estiró sus brazos hacia el sol y rezó en una lengua que ningún aldeano podía entender; aunque, en realidad, los aldeanos no se esforzaron mucho por entenderla, ya que su atención estaba puesta más que nada en el cielo y en las formas extrañas que estaban tomando las nubes. Era bastante peculiar, pero mientras el niño pronunciaba su petición, parecía que en lo alto se estaban formando las figuras sombrías y nebulosas de aquellas pinturas exóticas; de criaturas híbridas coronadas por cuernos que encerraban discos. La naturaleza está llena de ese tipo de ilusiones para impresionar a las personas imaginativas.

Esa noche, los viajeros abandonaron Ulthar, y nunca jamás se los volvió a ver. Y los jefes de los hogares de la aldea se preocuparon cuando notaron que todos los gatos de la aldea habían desaparecido. Los gatos de las familias se habían esfumado de todas sus chimeneas; los gatos grandes y pequeños, los negros, los grises, los atigrados, los amarillos y los blancos. El viejo Kranon, el burgomaestre, juró que las personas oscuras se habían llevado a los gatos en venganza por la muerte del gatito de Menes; y maldijo a la caravana y al niño. Pero Nith, el esbelto escriba-

to suspect; for their hatred of cats was notorious and increasingly bold. Still, no one durst complain to the sinister couple; even when little Atal, the innkeeper's son, vowed that he had at twilight seen all the cats of Ulthar in that accursed yard under the trees, pacing very slowly and solemnly in a circle around the cottage, two abreast, as if in performance of some unheard-of rite of beasts. The villagers did not know how much to believe from so small a boy; and though they feared that the evil pair had charmed the cats to their death, they preferred not to chide the old cotter till they met him outside his dark and repellent yard.

So Ulthar went to sleep in vain anger; and when the people awaked at dawn—behold! every cat was back at his accustomed hearth! Large and small, black, gray, striped, yellow and white, none was missing. Very sleek and fat did the cats appear, and sonorous with purring content. The citizens talked with one another of the affair, and marveled not a little. Old Kranon again insisted that it was the dark folk who had taken them, since cats did not return alive from the cottage of the ancient man and his wife. But all agreed on one thing; that the refusal of all the cats to eat their portions of meat or drink their saucers of milk was exceedingly curious. And for two whole days the sleek, lazy cats of Ulthar would touch no food, but only doze by the fire or in the sun.

It was fully a week before the villagers noticed that no lights were appearing at dusk in the windows of the cottage under the trees. Then the lean Nith remarked that, no one had seen the old man or his wife since the night the cats were away. In another week the burgomaster decided to overcome his fears and call at the strangely silent dwelling as a matter of duty, though in doing so he was careful to take with him Shang the blacksmith and Thul the cutter of stone as witnesses. And when they had broken down the frail door they found only this: two cleanly picked human skeletons on the earthen floor, and a number of singular beetles crawling in the shadowy corners.

no, declaró que el anciano granjero y su esposa eran más sospechosos; puesto que su odio por los gatos era notorio y cada vez más audaz. Aún así, nadie se atrevía a presentar sus quejas ante la siniestra pareja; ni siquiera cuando el pequeño Atal, hijo del posadero, juró que había visto a todos los gatos de Ulthar en aquel patio maldito bajo los árboles a la hora del crepúsculo, caminando lenta y solemnemente, formando un círculo alrededor de la cabaña, en doble fila, como si se tratase de un ritual animal desconocido. Los aldeanos no sabían cuánto era prudencial creerle a un niño tan pequeño; y, aunque temían que la pareja malvada hubiese hechizado a los gatos para conducirlos a su muerte, preferían no reprender al anciano granjero hasta encontrarlo fuera de su patio oscuro y repugnante.

Así que Ulthar se fue a dormir con su enojo inútil, y cuando sus habitantes se despertaron al amanecer, ¡allí estaban! ¡Todos los gatos habían regresado a sus chimeneas usuales! Los grandes y los pequeños, los negros, los grises, los atigrados, los amarillos y los blancos; no faltaba ninguno. Cuando aparecieron, los gatos parecían muy limpios y gordos, y contentos por el sonido de sus ronroneos. Los ciudadanos hablaron entre ellos sobre el asunto, y no fue poco su asombro. El viejo Kranon volvió a insistir que las personas oscuras eran quienes se los habían llevado, ya que los gatos nunca regresaban vivos de la cabaña del viejo y su esposa. Pero todos estuvieron de acuerdo en algo; era excesivamente curioso como los gatos se rehusaban a comer sus porciones de carne o a beber sus platos de leche. Y por dos días enteros los elegantes y perezosos gatos de Ulthar no probaron ni un bocado de su comida, limitándose a dormir junto al fuego o bajo el sol.

Tuvo que pasar una semana entera para que los aldeanos notaran que no se veían luces al anochecer en las ventanas de la cabaña que estaba bajo los árboles. Entonces el esbelto Nith observó que nadie había visto al viejo o a su esposa desde la noche en la que habían desaparecido los gatos. Luego de que pasara otra semana, el burgomaestre decidió vencer sus miedos y llamar a la puerta de la extraña y silenciosa residencia como una cuestión de deber, aunque, cuando lo hizo, tuvo el cuidado de llevar como testigos a Shang el herrero y a Thul el picapedrero. Y cuando derribaron la frágil puerta, solo encontraron lo siguiente: dos esqueletos humanos despojados cuidadosamente de toda carne sobre el suelo de barro, y una cantidad singular de escarabajos reptando en los rincones sombríos.

There was subsequently much talk amongst the burgesses of Ulthar. Zath, the coroner, disputed at length with Nith, the lean notary; and Kranon and Shang and Thul were overwhelmed with questions. Even little Atal, the innkeeper's son, was closely questioned and given a sweetmeat as reward. They talked of the old cotter and his wife, of the caravan of dark wanderers, of small Menes and his black kitten, of the prayer of Menes and of the sky during that prayer, of the doings of the cats on the night the caravan left, and of what was later found in the cottage under the dark trees in the repellent yard.

And in the end the burgesses passed that remarkable law which is told of by traders in Hatheg and discussed by travelers in Nir; namely, that in Ulthar no man may kill a cat.

Posteriormente, se discutió mucho entre los burgueses de Ulthar. Zath, el juez de instrucción, tuvo un largo debate con Nith, el esbelto notario; y Kranon y Shang y Thul se vieron abrumados por las preguntas que les hicieron. Incluso el pequeño Atal, hijo del posadero, fue interrogado atentamente, y se lo premió con un dulce. Discutieron sobre el anciano granjero y su esposa, sobre la caravana de los oscuros viajeros, sobre el pequeño Menes y su gatito negro, sobre el rezo de Menes y sobre el cielo durante el mismo, sobre las acciones de los gatos la noche que partió la caravana, y sobre lo que se encontró posteriormente en la cabaña bajo los árboles oscuros en el patio repugnante.

Y finalmente, los burgueses aprobaron esa ley excepcional de la cual hablan los comerciantes en Hatheg y que discuten los viajantes en Nir; a saber, que en Ulthar está prohibido matar gatos.

Atop the tallest of earth's peaks dwell the gods of earth, and suffer not man to tell that he hath looked upon them. Lesser peaks they once inhabited; but ever the men from the plains would scale the slopes of rock and snow, driving the gods to higher and higher mountains till now only the last remains. When they left their old peaks they took with them all signs of themselves, save once, it is said, when they left a carven image on the face of the mountain which they called Ngranek.

But now they have betaken themselves to unknown Kadath in the cold waste where no man treads, and are grown stern, having no higher peak whereto to flee at the coming of men. They are grown stern, and where once they suffered men to displace them, they now forbid men to come; or coming, to depart. It is well for men that they know not of Kadath in the cold waste; else they would seek injudiciously to scale it.

Sometimes when earth's gods are homesick they visit in the still of the night the peaks where once they dwelt, and weep softly as they try to play in the olden way on remembered slopes. Men have felt the tears of the gods on white-capped Thurai, though they have thought it rain; and have heard the sighs of the gods in the plaintive dawn-winds of Lerion. In cloud-ships the gods are wont to travel, and wise cotters have legends that keep them from certain high peaks at night when it is cloudy, for the gods are not lenient as of old.

In Ulthar, which lies beyond the river Skai, once dwelt an old man avid to behold the gods of earth; a man deeply learned in the seven cryptical books of earth, and familiar with the Pnakotic Manuscripts of distant and frozen Lomar. His name was Barzai the Wise, and the villagers tell of how he went up a mountain on the night of the strange eclipse.

Barzai knew so much of the gods that he could tell of their comings

LOS OTROS DIOSES

En la cima de las cumbres más altas de la Tierra vivían los dioses terrestres, y ningún hombre podía decir que los había visto. Alguna vez habían habitado en cumbres más bajas, pero, eventualmente, los hombres de las planicies escalaban las laderas hechas de roca y hielo, lo cual forzó a los dioses a huir hacia montañas más y más altas, hasta el punto en el que ahora solo queda una de ellas. Cuando abandonaron sus viejas cumbres, se llevaron todo rastro de sí mismos, a excepción de una vez en la que se cuenta que dejaron una imagen tallada en la cara de una montaña que ellos llamaban Ngranek.

Pero ahora se han retirado a la desconocida Kadath, en el desierto frío que el hombre no se atreve a pisar, y se han vuelto severos, ya que no existe cumbre más alta a la que puedan huir ante la llegada de los hombres. Se han vuelto severos, y si bien alguna vez habían sido víctimas de que los hombres los desplazaran, ahora les prohibían llegar a ellos; y si llegaban, les prohibían escapar. Es bueno que los hombres no sepan sobre Kadath, que está en el desierto frío; de lo contrario, buscarían escalarlo insensatamente.

En algunas ocasiones en las que los dioses terrestres sienten nostalgia, visitan en la quietud de la noche las cumbres en las que alguna vez vivieron, y lloran suavemente mientras intentan jugar como solían hacerlo en las laderas que recuerdan. Los hombres han sentido las lágrimas de los dioses en la nevada Thurai, aunque creyeron que era lluvia; y han oído los suspiros de los dioses en las melancólicas brisas matutinas de Lerion. Los dioses acostumbran viajar en naves hechas de nubes, y los ancianos sabios tienen leyendas que los alejan de ciertas cumbres altas en las noches nubladas, pues los dioses no han sido permisivos en el pasado.

En Ulthar, que está ubicada más allá del río Skai, vivió un anciano que ansiaba contemplar a los dioses terrestres; un hombre que tenía vastos conocimientos sobre los sietes libros enigmáticos de la Tierra, y estaba familiarizado con los Manuscritos Pnakóticos de la distante y gélida Lomar. Su nombre era Barzai el Sabio, y los aldeanos cuentan la historia de cómo subió una montaña por la noche durante un extraño eclipse.

Barzai sabía tanto sobre los dioses que podía predecir cuándo llega-

and goings, and guessed so many of their secrets that he was deemed half a god himself. It was he who wisely advised the burgesses of Ulthar when they passed their remarkable law against the slaying of cats, and who first told the young priest Atal where it is that black cats go at midnight on St. John's Eve. Barzai was learned in the lore of the earth's gods, and had gained a desire to look upon their faces. He believed that his great secret knowledge of gods could shield him from their wrath, so resolved to go up to the summit of high and rocky Hatheg-Kla on a night when he knew the gods would be there.

Hatheg-Kla is far in the stony desert beyond Hatheg, for which it is named, and rises like a rock statue in a silent temple. Around its peak the mists play always mournfully, for mists are the memories of the gods, and the gods loved Hatheg-Kla when they dwelt upon it in the old days. Often the gods of earth visit Hatheg-Kla in their ships of clouds, casting pale vapors over the slopes as they dance reminiscently on the summit under a clear moon. The villagers of Hatheg say it is ill to climb the Hatheg-Kla at any time, and deadly to climb it by night when pale vapors hide the summit and the moon; but Barzai heeded them not when he came from neighboring Ulthar with the young priest Atal, who was his disciple. Atal was only the son of an innkeeper, and was sometimes afraid; but Barzai's father had been a landgrave who dwelt in an ancient castle, so he had no common superstition in his blood, and only laughed at the fearful cotters.

Barzai and Atal went out of Hatheg into the stony desert despite the prayers of peasants, and talked of earth's gods by their campfires at night. Many days they traveled, and from afar saw lofty Hatheg-Kla with his aureole of mournful mist. On the thirteenth day they reached the mountain's lonely base, and Atal spoke of his fears. But Barzai was old and learned and had no fears, so led the way up the slope that no man had scaled since the time of Sansu, who is written of with fright in the moldy Pnakotic Manuscripts.

The way was rocky, and made perilous by chasms, cliffs, and falling stones. Later it grew cold and snowy; and Barzai and Atal often

ban y cuándo partían; y había adivinado tantos de sus secretos que era considerado un semidiós. Fue él quien había aconsejado sabiamente a los burgueses de Ulthar cuando aprobaron la notable ley que prohibía asesinar gatos, y fue él quien le contó por primera vez al joven sacerdote Atal a dónde van los gatos negros a medianoche en la fiesta de San Juan. Barzai tenía amplios conocimientos sobre los dioses terrestres, y había cultivado el deseo de contemplar sus caras. Creía que su gran sabiduría secreta sobre los dioses lo salvaría de su ira, así que decidió subir la cima del alto y rocoso Hatheg-Kla en una noche en la que sabría que allí se encontrarían los dioses.

Hatheg-Kla está en lo profundo del desierto rocoso que yace más allá de Hatheg, que le da su nombre, y se erige como una estatua de piedra en un templo silencioso. La niebla juega alrededor de su cumbre, siempre en una actitud melancólica, ya que la niebla no es más que los recuerdos de los dioses, y los dioses amaban Hatheg-Kla cuando vivían allí en el pasado. A menudo, los dioses terrestres visitan Hatheg-Kla en sus naves hechas de nubes, llenando de pálidas humaredas las laderas mientras bailan, evocando al pasado en su cima, bajo una luna despejada. Los aldeanos de Hatheg desaconsejan escalar el Hatheg-Kla en cualquier época del año, y dicen que es mortal escalarlo en las noches en las que pálidas humaredas cubren la cima y la luna; pero Barzai los ignoró cuando llegó desde la aldea vecina de Ulthar junto al joven sacerdote Atal, quien era su discípulo. Atal no era más que el hijo de un posadero, y a veces temía; pero el padre de Barzai había sido un landgrave que había residido en un castillo antiguo, así que no compartía la superstición en su sangre, y solo rio ante los temerosos ancianos.

Barzai y Atal partieron desde Hatheg hacia el desierto rocoso a pesar de las plegarias de los campesinos, y hablaron sobre los dioses terrestres bajo la luz de sus fogatas por las noches. Viajaron durante muchos días y, desde lejos, podían ver al elevado Hatheg-Kla con su aureola de niebla melancólica. Llegaron a la base solitaria de la montaña durante el decimotercer día, y Atal habló sobre sus temores. Pero Barzai era viejo y sabio y no temía, así que guió el camino para escalar la ladera que ningún hombre había escalado desde las épocas de Sansu, quien es descrito con terror en los mohosos Manuscritos Pnakóticos.

El camino era rocoso, y era peligroso debido a la presencia de grietas, precipicios y piedras que se desprendían. Luego, comenzó a hacer

slipped and fell as they hewed and plodded upward with staves and axes. Finally the air grew thin, and the sky changed color, and the climbers found it hard to breathe; but still they toiled up and up, marveling at the strangeness of the scene and thrilling at the thought of what would happen on the summit when the moon was out and the pale vapours spread around. For three days they climbed higher and higher toward the roof of the world; then they camped to wait for the clouding of the moon.

For four nights no clouds came, and the moon shone down cold through the thin mournful mist around the silent pinnacle. Then on the fifth night, which was the night of the full moon, Barzai saw some dense clouds far to the north, and stayed up with Atal to watch them draw near. Thick and majestic they sailed, slowly and deliberately onward; ranging themselves round the peak high above the watchers, and hiding the moon and the summit from view. For a long hour the watchers gazed, whilst the vapours swirled and the screen of clouds grew thicker and more restless. Barzai was wise in the lore of earth's gods, and listened hard for certain sounds, but Atal felt the chill of the vapours and the awe of the night, and feared much. And when Barzai began to climb higher and beckon eagerly, it was long before Atal would follow.

So thick were the vapours that the way was hard, and though Atal followed at last, he could scarce see the gray shape of Barzai on the dim slope above in the clouded moonlight. Barzai forged very far ahead, and seemed despite his age to climb more easily than Atal; fearing not the steepness that began to grow too great for any save a strong and dauntless man, nor pausing at wide black chasms that Atal could scarce leap. And so they went up wildly over rocks and gulfs, slipping and stumbling, and sometimes awed at the vastness and horrible silence of bleak ice pinnacles and mute granite steeps.

Very suddenly Barzai went out of Atal's sight, scaling a hideous

frío y a nevar; y Barzai y Atal a menudo resbalaban y caían mientras se abrían camino perseverantemente con estacas y hachas hacia la cima. Finalmente, la presión de la atmósfera empezó a disminuir y el cielo cambió de color, y a los escaladores se les empezó a hacer difícil respirar; pero aún siguieron esforzándose en subir, maravillándose ante lo extraño de la escena y emocionándose al pensar en lo que sucedería en la cima cuando la luna saliera y las pálidas humaredas estuviesen esparcidas en el aire. Por tres días siguieron escalando más y más alto, en dirección al tejado del mundo; luego, acamparon a la espera de que la luna se nublara.

Por cuatro noches, no hubo nubosidad alguna, y la luna brilló fríamente a través de la fina niebla melancólica que estaba suspendida en la cumbre silenciosa. Pero entonces, durante la quinta noche, en la cual hubo una luna llena, Barzai vio algunas densas nubes en la lejanía hacia el norte, y se mantuvo despierto junto a Atal para ver cómo se acercaban. Densas y majestuosas, avanzaban lenta y deliberadamente; rondaban la cumbre, sobre los espectadores, y no permitían que sus ojos apreciasen la luna y la cima. Sus espectadores las admiraron durante una larga hora, mientras las humaredas se arremolinaban y la película de nubes se volvía más densa e inquieta. Barzai tenía amplios conocimientos sobre los dioses terrestres, y se esforzó por oír ciertos sonidos, pero Atal sintió el frío de las humaredas y el respeto impuesto por la noche, y sintió un gran temor. Y cuando Barzai empezó a escalar incluso más alto y a hacerle señas impacientes, tuvo que pasar mucho tiempo hasta que Atal lo siguió.

Las humaredas eran tan densas que el camino se les hizo difícil, y aunque Atal por fin lo siguió, se le dificultaba ver la silueta gris de Barzai en la oscura ladera en lo alto, bajo la luz de luna cubierta por las nubes. Barzai avanzó con gran firmeza y llevaba la delantera, y, a pesar de su edad, parecía escalar con una mayor facilidad que Atal; sin temerle a la inclinación que empezaba a ser demasiado pronunciada para cualquiera, exceptuando a un hombre fuerte e intrépido, y sin detenerse ante las grietas anchas y oscuras que Atal a duras penas podía esquivar. Y así siguieron su ascenso salvaje sobre rocas y abismos, resbalándose y tropezándose, y a veces se maravillaban ante el silencio vasto y horrible de los desolados picos de hielos y los mudos peldaños de granito.

De forma muy repentina, Barzai desapareció de la vista de Atal al es-

cliff that seemed to bulge outward and block the path for any climber not inspired of earth's gods. Atal was far below, and planning what he should do when he reached the place, when curiously he noticed that the light had grown strong, as if the cloudless peak and moonlit meetingplace of the gods were very near. And as he scrambled on toward the bulging cliff and litten sky he felt fears more shocking than any he had known before. Then through the high mists he heard the voice of Barzai shouting wildly in delight:

"I have heard the gods. I have heard earth's gods singing in revelry on Hatheg-Kla! The voices of earth's gods are known to Barzai the Prophet! The mists are thin and the moon is bright, and I shall see the gods dancing wildly on Hatheg-Kla that they loved in youth. The wisdom of Barzai hath made him greater than earth's gods, and against his will their spells and barriers are as naught; Barzai will behold the gods, the proud gods, the secret gods, the gods of earth who spurn the sight of man!"

Atal could not hear the voices Barzai heard, but he was now close to the bulging cliff and scanning it for footholds. Then he heard Barzai's voice grow shriller and louder:

"The mist is very thin, and the moon casts shadows on the slope; the voices of earth's gods are high and wild, and they fear the coming of Barzai the Wise, who is greater than they... The moon's light flickers, as earth's gods dance against it; I shall see the dancing forms of the gods that leap and howl in the moonlight... The light is dimmer and the gods are afraid..."

Whilst Barzai was shouting these things Atal felt a spectral change in all the air, as if the laws of earth were bowing to greater laws; for though the way was steeper than ever, the upward path was now grown fearsomely easy, and the bulging cliff proved scarce an obstacle when he reached it and slid perilously up its convex face. The light of the moon had strangely failed, and as Atal plunged upward through the mists he heard Barzai the Wise shrieking in the shadows:

calar un horroroso precipicio que parecía sobresalir y bloquear el camino de cualquier escalador que no fuese inspirado por los dioses terrestres. Atal estaba muy detrás de Barzai, y planeaba lo que podía hacer cuando llegara a aquel lugar cuando, curiosamente, notó que la luz se había intensificado, como si la cumbre despejada y el punto de encuentro de los dioses bajo la luz de la luna estuviesen muy cerca. Y mientras se apresuraba a ir hacia el precipicio sobresaliente y hacia el cielo luminoso sintió temores mucho más apabullantes que los que jamás había sentido. Entonces, a través de la niebla alta, oyó la voz de Barzai que gritaba con frenesí y alegría:

—He oído a los dioses. ¡He oído a los dioses terrestres cantando en su fiesta en Hatheg-Kla! ¡Barzai el Profeta conoce las voces de los dioses terrestres! La niebla es delgada y la luna brilla, y veré a los dioses bailando salvajemente en el Hatheg-Kla que amaban en su juventud. ¡La sabiduría de Barzai lo hizo superior a los dioses terrestres, y sus hechizos y barreras no son nada contra su voluntad; Barzai contemplará a los dioses, los dioses orgullosos, los dioses secretos, los dioses terrestres que rechazan a los hombres!

Atal no podía oír las voces que oía Barzai, pero ahora estaba cerca del precipicio sobresaliente, y lo examinaba en búsqueda de puntos de apoyo para sus pies. Entonces, oyó como la voz de Barzai se tornaba más estridente y fuerte:

—La niebla está muy delgada, y la luna crea sombras en la ladera; las voces de los dioses terrestres son agudas y salvajes, y temen la llegada de Barzai el Sabio, quien es superior a ellos... La luz de la luna parpadea, y los dioses terrestres bailan frente a ella; veré las figuras danzantes de los dioses que saltan y aúllan bajo la luz de la luna... La luz se torna aún más tenue y los dioses están asustados...

Mientras Barzai gritaba estas cosas, Atal sintió un cambio espectral en el aire, como si las leyes de la tierra cedieran ante leyes superiores; puesto que, aunque el camino fuese más empinado que nunca, la subida era ahora temiblemente fácil, y el precipicio sobresaliente resultó ser a duras penas un obstáculo cuando lo alcanzó y se deslizó hacia arriba por su ladera convexa. La luz de la luna había desaparecido extrañamente, y mientras Atal ascendía violentamente a través de la niebla, oyó a Barzai el Sabio gritar entre penumbras:

"The moon is dark, and the gods dance in the night; there is terror in the sky, for upon the moon hath sunk an eclipse foretold in no books of men or of earth's gods... There is unknown magic on Hatheg-Kla, for the screams of the frightened gods have turned to laughter, and the slopes of ice shoot up endlessly into the black heavens whither I am plunging... Hei! Hei! At last! In the dim light I behold the gods of earth!"

And now Atal, slipping dizzily up over inconceivable steeps, heard in the dark a loathsome laughing, mixed with such a cry as no man else ever heard save in the Phlegethon of unrelatable nightmares; a cry wherein reverberated the horror and anguish of a haunted lifetime packed into one atrocious moment:

"The other gods! The other gods! The gods of the outer hells that guard the feeble gods of earth!... Look away... Go back... Do not see! Do not see! The vengeance of the infinite abysses... That cursed, that damnable pit... Merciful gods of earth, I am falling into the sky!"

And as Atal shut his eyes and stopped his ears and tried to hump downward against the frightful pull from unknown heights, there resounded on Hatheg-Kla that terrible peal of thunder which awaked the good cotters of the plains and the honest burgesses of Hatheg, Nir and Ulthar, and caused them to behold through the clouds that strange eclipse of the moon that no book ever predicted. And when the moon came out at last Atal was safe on the lower snows of the mountain without sight of earth's gods, or of the other gods.

Now it is told in the moldy Pnakotic Manuscripts that Sansu found naught but wordless ice and rock when he did climb Hatheg-Kla in the youth of the world. Yet when the men of Ulthar and Nir and Hatheg crushed their fears and scaled that haunted steep by day in search of Barzai the Wise, they found graven in the naked stone of the summit a curious and cyclopean symbol fifty cubits wide, as if the rock had been riven by some titanic chisel. And the symbol was like to one that learned men have discerned in those frightful parts of the Pnakotic Manuscripts which were too ancient to be read. This they found.

—La luna se ha oscurecido, y los dioses bailan en la noche; hay terror en el cielo, pues la luna se ha sumido en un eclipse que no pudo predecir ningún libro humano ni de los dioses terrestres... Hay una magia desconocida en Hatheg-Kla, puesto que los gritos de los dioses atemorizados se han convertido en una risa, y las laderas de hielo se alzan infinitamente hacia los cielos oscuros a los que desciendo... ¡Hei! ¡Hei! ¡Por fin! ¡Bajo la luz tenue contemplo a los dioses terrestres!

Y ahora, Atal, resbalándose en una subida vertiginosa sobre peldaños inconcebibles, oyó en la oscuridad una risa repugnante, mezclada con un grito que ningún otro hombre ha oído jamás salvo en el Flegetonte de las pesadillas indescriptibles; un grito en el que resonaba el terror y la angustia de una vida maldita condensada en un instante atroz:

—¡Los otros dioses! ¡Los otros dioses! ¡Los dioses de los infiernos exteriores que protegen a los frágiles dioses terrestres! Aparta la mirada... Regresa... ¡No mires! ¡No mires! La venganza de los abismos infinitos... Ese averno maldito y condenado... ¡Piadosos dioses terrestres, estoy cayendo hacia el cielo!

Y mientras Atal cerraba sus ojos, cubría sus oídos e intentaba arrastrarse hacia abajo, yendo contra aquella temible fuerza proveniente de altitudes desconocidas, resonó en Hatheg-Kla aquel terrible trueno que despertó a los buenos ancianos de la planicie y a los honestos burgueses de Hatheg, Nir y Ulthar, y provocó que avistasen entre las nubes aquel extraño eclipse que ningún libro había predicho. Y cuando por fin reapareció la luna, Atal se encontraba a salvo sobre la nieve en las partes más bajas de la montaña sin haber visto a los dioses terrestres, o a los otros dioses.

Ahora se cuenta en los mohosos Manuscritos Pnakóticos que Sansu no encontró más que hielo y rocas mudas cuando escaló el Hatheg-Kla en la juventud del mundo. Sin embargo, cuando los hombres de Ulthar, Nir y Hatheg vencieron sus temores y escalaron ese peldaño maldito durante el día en busca de Barzai el Sabio, encontraron, tallado en la piedra desnuda de la cima, un símbolo curioso y ciclopéico de cincuenta codos de ancho, como si la roca hubiese sido separada por alguna especie de cincel titánico. Y aquel símbolo era similar a uno que los hombres sabios habían discernido en aquellas partes de los Manuscritos Pnakóticos que eran demasiado antiguas como para ser leídas. Esto

Barzai the Wise they never found, nor could the holy priest Atal ever be persuaded to pray for his soul's repose. Moreover, to this day the people of Ulthar and Nir and Hatheg fear eclipses, and pray by night when pale vapors hide the mountain-top and the moon. And above the mists on Hatheg-Kla, earth's gods sometimes dance reminiscently; for they know they are safe, and love to come from unknown Kadath in ships of clouds and play in the olden way, as they did when earth was new and men not given to the climbing of inaccessible places.

fue lo que encontraron.

Jamás encontraron a Barzai el Sabio, y tampoco pudieron persuadir al santo sacerdote Atal para que rezara por el descanso de su alma. Además, a día de hoy, la gente de Ulthar, Nir y Hatheg le teme a los eclipses, y reza durante las noches en las que pálidas humaredas ocultan la cima de la montaña y la luna. Y sobre la niebla de Hatheg-Kla, los dioses terrestres a veces bailan mientras evocan el pasado; puesto que saben que están a salvo, y aman venir desde la desconocida Kadath en sus naves hechas de nubes y jugar como solían hacerlo cuando la Tierra era nueva y los hombres no escalaban lugares inaccesibles.

THE BOOK

My memories are very confused. There is even much doubt as to where they begin; for at times I feel appalling vistas of years stretching behind me, while at other times it seems as if the present moment were an isolated point in a grey, formless infinity. I am not even certain how I am communicating this message. While I know I am speaking, I have a vague impression that some strange and perhaps terrible mediation will be needed to bear what I say to the points where I wish to be heard. My identity, too, is bewilderingly cloudy. I seem to have suffered a great shock—perhaps from some utterly monstrous outgrowth of my cycles of unique, incredible experience.

These cycles of experience, of course, all stem from that worm-riddled book. I remember when I found it—in a dimly lighted place near the black, oily river where the mists always swirl. That place was very old, and the ceiling-high shelves full of rotting volumes reached back endlessly through windowless inner rooms and alcoves. There were, besides, great formless heaps of books on the floor and in crude bins; and it was in one of these heaps that I found the thing. I never learned its title, for the early pages were missing; but it fell open toward the end and gave me a glimpse of something which sent my senses reeling.

There was a formula—a sort of list of things to say and do—which I recognized as something black and forbidden; something which I had read of before in furtive paragraphs of mixed abhorrence and fascination penned by those strange ancient delvers into the universe's guarded secrets whose decaying texts I loved to absorb. It was a key—a guide—to certain gateways and transitions of which mystics have dreamed and whispered since the race was young, and which lead to freedoms and discoveries beyond the three dimensions and realms of life and matter that we know. Not for centuries had any man recalled its vital substance or known where to find it, but this book was very old indeed. No printing-press, but the hand of some half-crazed monk, had traced these ominous Latin phrases in uncials of awesome antiquity.

EL LIBRO

Mis recuerdos son muy confusos. Incluso tengo grandes dudas sobre el punto en el que comienzan; pues a veces tengo visiones asombrosas de años que se extienden a mis espaldas, mientras que otras veces parece que el presente fuese un punto aislado en una infinidad gris y amorfa. Ni siquiera sé con certeza cómo estoy comunicando este mensaje. Aunque sé que estoy hablando, tengo una vaga impresión de que se necesitaría cierta meditación extraña y quizá terrible para soportar lo que digo sobre los temas que deseo expresar. Mi identidad también es desconcertantemente difusa. Parece que sufrí un inmenso trauma; quizá como una consecuencia totalmente monstruosa de mis ciclos de experiencias únicas e increíbles.

Estos ciclos son producto de aquel libro infesto de larvas, por supuesto. Recuerdo cuando lo hallé en un lugar en penumbras cerca del río negro y aceitoso donde siempre se arremolina la niebla. Era un lugar muy antiguo, y los estantes llenos de tomos putrefactos que rozaban el techo se extendían a través de recámaras y alcobas sin ventanas. Había, además, grandes y amorfas pilas de libros en el suelo y en toscos cestos; y fue en una de estas pilas que hallé esa cosa. Nunca supe su título, pues le faltaban sus primeras páginas; pero se cayó y quedó abierto cerca del final, y me dio un vistazo de algo que alteró mis sentidos.

Hallé allí una fórmula —una especie de lista de cosas que hacer y decir— que reconocí como algo oscuro y prohibido; algo sobre lo que había leído antes con una mezcla de odio y fascinación en párrafos furtivos que habían sido escritos por aquellos extraños y antiguos investigadores de los secretos recelosos del universo cuyos textos en descomposición amaba devorar. Era una llave —una guía— que abría el camino hacia ciertos portales y transiciones sobre las cuales los místicos han soñado y murmurado desde que nuestra raza era joven, y que llevaba a libertades y descubrimientos que traspasan las tres dimensiones y los reinos de la vida y la materia que conocemos. Durante siglos, ningún hombre había sido capaz de recordar su contenido ni sabía dónde encontrarlo, pero este libro era, en efecto, muy antiguo. Estas ominosas frases en latín habían sido talladas en una caligrafía uncial de una antigüedad maravillosa; no por una imprenta, sino por la mano de un monje medio loco.

I remember how the old man leered and tittered, and made a curious sign with his hand when I bore it away. He had refused to take pay for it, and only long afterwards did I guess why. As I hurried home through those narrow, winding, mist-cloaked waterfront streets I had a frightful impression of being stealthily followed by softly padding feet. The centuried, tottering houses on both sides seemed alive with a fresh and morbid malignity—as if some hitherto closed channel of evil understanding had abruptly been opened. I felt that those walls and over-hanging gables of mildewed brick and fungoid plaster and timber—with eyelike, diamond-paned windows that leered—could hardly desist from advancing and crushing me... yet I had read only the least fragment of that blasphemous rune before closing the book and bringing it away.

I remember how I read the book at last—white-faced, and locked in the attic room that I had long devoted to strange searchings. The great house was very still, for I had not gone up till after midnight. I think I had a family then—though the details are very uncertain—and I know there were many servants. Just what the year was I cannot say; for since then I have known many ages and dimensions, and have had all my notions of time dissolved and refashioned. It was by the light of candles that I read—I recall the relentless dripping of the wax—and there were chimes that came every now and then from distant belfries. I seemed to keep track of those chimes with a peculiar intentness, as if I feared to hear some very remote, intruding note among them.

Then came the first scratching and fumbling at the dormer window that looked out high above the other roofs of the city. It came as I droned aloud the ninth verse of that primal lay, and I knew amidst my shudders what it meant. For he who passes the gateways always wins a shadow, and never again can he be alone. I had evoked—and the book was indeed all I had suspected. That night I passed the gateway to a vortex of twisted time and vision, and when morning found me in the attic room I saw in the walls and shelves and fittings that which I had never seen before.

Recuerdo cómo aquel anciano me miró maliciosamente y rio disimuladamente, e hizo una seña curiosa con la mano cuando me lo llevé. Se negó a que pagara por él, y solo mucho tiempo después entendí por qué. Mientras me apresuraba a ir camino a casa a través de esas angostas y serpenteantes calles cubiertas por la niebla linderas al puerto, tuve la temible impresión de que estaba siendo seguido por pies que caminaban lenta y suavemente. Las arcaicas casas tambaleantes que se alzaban a ambos lados parecían estar vivas con una maldad fresca y morbosa, como si se hubiese abierto un canal hasta entonces cerrado de maligno conocimiento. Sentía que esas paredes y gabletes salientes hechos de ladrillos mohosos y yeso y madera fungoideos —con ventanas que poseían paneles con forma de diamante, que parecían ojos que me miraban maliciosamente— apenas podían controlar el impulso de avanzar y aplastarme... y eso que solo había leído el último fragmento de aquella runa blasfema antes de cerrar el libro y llevármelo.

Recuerdo ahora cómo leí el libro finalmente: con el rostro pálido, y encerrado en el ático que ya hacía tiempo utilizaba para extrañas búsquedas. La gran casa estaba muy tranquila, ya que no salí hasta después de la medianoche. Creo que tenía una familia en aquel entonces —aunque los detalles me son muy inciertos— y sé que tenía muchos sirvientes. Me es imposible decir qué año era; desde aquel entonces, he conocido muchas épocas y dimensiones, y toda noción del tiempo se ha disuelto y remodelado para mí. Leía bajo la luz de las velas —recuerdo el goteo incesante de la cera— y había tintineos que cada tanto llegaban desde campanarios distantes. Parecía que le prestaba una atención muy peculiar a aquellos tintineos, como si temiese escuchar una nota intrusa muy remota entre ellos.

Entonces escuché aquellos primeros arañazos y golpeteos en la ventana abuhardillada que se alzaba a una altura mucho mayor que los demás tejados de la ciudad. Sucedió mientras leía en voz alta el noveno verso de aquel primitivo lay y, mientras temblaba, supe qué querían decir. Puesto que quien ha traspasado por un portal siempre adquiere una sombra, nunca volverá a estar solo otra vez. Eso recordé, y el libro era, en efecto, el único sospechoso. Esa noche había traspasado el portal hacia un vórtice que poseía una visión y tiempo distorsionados, y cuando amaneció en el ático vi en los muros y los estantes y los aparatos cosas que no había visto jamás.

Nor could I ever after see the world as I had known it. Mixed with the present scene was always a little of the past and a little of the future, and every once-familiar object loomed alien in the new perspective brought by my widened sight. From then on I walked in a fantastic dream of unknown and half-known shapes; and with each new gateway crossed, the less plainly could I recognise the things of the narrow sphere to which I had so long been bound. What I saw about me, none else saw; and I grew doubly silent and aloof lest I be thought mad. Dogs had a fear of me, for they felt the outside shadow which never left my side. But still I read more—in hidden, forgotten books and scrolls to which my new vision led me—and pushed through fresh gateways of space and being and life-patterns toward the core of the unknown cosmos.

I remember the night I made the five concentric circles of fire on the floor, and stood in the innermost one chanting that monstrous litany the messenger from Tartary had brought. The walls melted away, and I was swept by a black wind through gulfs of fathomless grey with the needle-like pinnacles of unknown mountains miles below me. After a while there was utter blackness, and then the light of myriad stars forming strange, alien constellations. Finally I saw a green-litten plain far below me, and discerned on it the twisted towers of a city built in no fashion I had ever known or read or dreamed of. As I floated closer to that city I saw a great square building of stone in an open space, and felt a hideous fear clutching at me. I screamed and struggled, and after a blankness was again in my attic room sprawled flat over the five phosphorescent circles on the floor. In that night's wandering there was no more of strangeness than in many a former night's wandering; but there was more of terror because I knew I was closer to those outside gulfs and worlds than I had ever been before. Thereafter I was more cautious with my incantations, for I had no wish to be cut off from my body and from the earth in unknown abysses whence I could never return...

Tampoco volví a ver el mundo de la forma en la que lo veía antes. En el paisaje del presente siempre se mezclaba un poco del pasado y un poco del futuro, y cada objeto que alguna vez me había sido familiar me resultaba desconocido bajo la nueva perspectiva que causaba mi visión expandida. Desde entonces, caminé sumido en un sueño fantástico de formas desconocidas y semi-conocidas; y con cada portal que traspasaba, más se me dificultaba reconocer las cosas de la dimensión estrecha a la cual por tanto tiempo había estado atado. Nadie más podía ver lo que yo veía a mi alrededor; y mi silencio y distancia se duplicaban para evitar ser visto como un loco. Los perros me temían, puesto que sentían la sombra exterior que jamás se apartaba de mi lado. Pero aún así, seguí leyendo —libros ocultos y olvidados y pergaminos a los cuales me guiaba mi visión— y traspasé nuevos portales del espacio, del ser y modos de vida, en dirección al centro del cosmos desconocido.

Recuerdo la noche en la cual dibujé cinco círculos de fuego concéntricos en el suelo, y me posicioné en el que estaba en el centro mientras rezaba aquella letanía traída por un mensajero de Tartaria. Los muros se derritieron, y un viento negro me llevó a través de golfos de un gris inimaginable, mientras que debajo mío se extendían montañas con picos tan filosos como las agujas. Luego de un tiempo, me hallé en una oscuridad total, y luego rodeado de la luz de una miríada de estrellas que formaban constelaciones extrañas y desconocidas. Finalmente, vi una planicie iluminada de verde debajo mío, y en ella pude discernir las retorcidas torres de una ciudad construida en una forma que jamás había conocido, leído o soñado. Mientras flotaba y me acercaba a aquella ciudad, vi una enorme construcción de piedra en un espacio abierto, y sentí que me asfixiaba un miedo terrible. Grité y forcejeé y, luego de un instante vacío, me hallé nuevamente en mi ático, despatarrado sobre los cinco círculos fosforescentes en el suelo. El desvarío de esa noche no era más extraño que muchos desvaríos de noches pasadas; pero era más terrorífico porque sabía que estaba más cerca de aquellos golfos y mundos exteriores que antes. Posteriormente tuve más cuidado con mis conjuros, puesto que no deseaba perder la conexión que tenía con mi cuerpo y con la tierra en abismos desconocidos de los cuales no podría regresar jamás...

The horrible conclusion which had been gradually intruding itself upon my confused and reluctant mind was now an awful certainty. I was lost, completely, hopelessly lost in the vast and labyrinthine recess of the Mammoth Cave. Turn as I might, in no direction could my straining vision seize on any object capable of serving as a guidepost to set me on the outward path. That nevermore should I behold the blessed light of day, or scan the pleasant hills and dales of the beautiful world outside, my reason could no longer entertain the slightest unbelief. Hope had departed. Yet, indoctrinated as I was by a life of philosophical study, I derived no small measure of satisfaction from my unimpassioned demeanour; for although I had frequently read of the wild frenzies into which were thrown the victims of similar situations, I experienced none of these, but stood quiet as soon as I clearly realised the loss of my bearings.

Nor did the thought that I had probably wandered beyond the utmost limits of an ordinary search cause me to abandon my composure even for a moment. If I must die, I reflected, then was this terrible yet majestic cavern as welcome a sepulchre as that which any churchyard might afford, a conception which carried with it more of tranquillity than of despair.

Starving would prove my ultimate fate; of this I was certain. Some, I knew, had gone mad under circumstances such as these, but I felt that this end would not be mine. My disaster was the result of no fault save my own, since unknown to the guide I had separated myself from the regular party of sightseers; and, wandering for over an hour in forbidden avenues of the cave, had found myself unable to retrace the devious windings which I had pursued since forsaking my companions.

Already my torch had begun to expire; soon I would be enveloped by the total and almost palpable blackness of the bowels of the earth. As I stood in the waning, unsteady light, I idly wondered over the exact circumstances of my coming end. I remembered the accounts which I had heard of the colony of consumptives, who, taking their residence in this gigantic grotto to find health from the apparently

LA BESTIA DE LA CUEVA

La terrible conclusión que lentamente se había inmiscuido en mi mente confundida y reacia ahora era una certeza terrible. Estaba perdido; completa e irremediablemente perdido en los vastos y laberínticos recovecos de la Cueva Mamut. Sin importar cuánto me girase, mi visión, que tanto se esforzaba, no podía fijarse en ningún objeto que fuese capaz de servir de mojón para guiarme a la salida. Mi razón no podía mantener la más mínima incredulidad de que jamás volvería a presenciar la bendecida luz del día o a escudriñar las bellas colinas y valles del mundo exterior. La esperanza me había abandonado. Sin embargo, adoctrinado como lo había sido por una vida de estudios filosóficos, mi comportamiento impasible no me produjo ninguna satisfacción; pues aunque a menudo había leído sobre los frenesíes salvajes a los que se arrojaban las víctimas de situaciones similares a la mía, no experimenté nada similar, sino que me quedé callado cuando noté claramente que había perdido el rumbo.

El pensamiento de que probablemente me había alejado de los límites de una búsqueda común tampoco provocó que perdiera la compostura ni por un instante. Si moría, reflexioné, entonces esta caverna terrible pero majestuosa sería tan buen sepulcro como el que podría ser cualquier cementerio de una iglesia, una noción que impartía más tranquilidad que desesperación.

Morir de hambre sería mi destino definitivo; de esto estaba seguro. Algunos, sabía, habían enloquecido bajo circunstancias como las mías, pero sentí que este no sería mi fin. Mi calamidad era únicamente mi culpa, ya que, sin que mi guía lo supiera, me había separado del grupo de turistas diario; y, luego de vagar por más de una hora por las rutas prohibidas de la cueva, me vi incapaz de desandar los engañosos caminos que había seguido desde que había abandonado a mis compañeros.

Mi linterna ya había comenzado a apagarse; pronto sería envuelto por la oscuridad total y casi palpable de las entrañas terrestres. Inmóvil bajo la luz inestable y disminuyente, me pregunté ociosamente cuáles serían las circunstancias exactas de mi final inminente. Recordé los relatos que había oído sobre la colonia de tísicos, quienes luego de hacer de esta gigante gruta su hogar para encontrar salud bajo la atmósfera

salubrious air of the underground world, with its steady, uniform temperature, pure air, and peaceful quiet, had found, instead, death in strange and ghastly form. I had seen the sad remains of their ill-made cottages as I passed them by with the party, and had wondered what unnatural influence a long sojourn in this immense and silent cavern would exert upon one as healthy and vigorous as I. Now, I grimly told myself, my opportunity for settling this point had arrived, provided that want of food should not bring me too speedy a departure from this life.

As the last fitful rays of my torch faded into obscurity, I resolved to leave no stone unturned, no possible means of escape neglected; so, summoning all the powers possessed by my lungs, I set up a series of loud shoutings, in the vain hope of attracting the attention of the guide by my clamour. Yet, as I called, I believed in my heart that my cries were to no purpose, and that my voice, magnified and reflected by the numberless ramparts of the black maze about me, fell upon no ears save my own.

All at once, however, my attention was fixed with a start as I fancied that I heard the sound of soft approaching steps on the rocky floor of the cavern.

Was my deliverance about to be accomplished so soon? Had, then, all my horrible apprehensions been for naught, and was the guide, having marked my unwarranted absence from the party, following my course and seeking me out in this limestone labyrinth? Whilst these joyful queries arose in my brain, I was on the point of renewing my cries, in order that my discovery might come the sooner, when in an instant my delight was turned to horror as I listened; for my ever acute ear, now sharpened in even greater degree by the complete silence of the cave, bore to my benumbed understanding the unexpected and dreadful knowledge that these footfalls were not like those of any mortal man. In the unearthly stillness of this subterranean region, the tread of the booted guide would have sounded like a series of sharp and incisive blows. These impacts were soft, and stealthy, as of the paws of some feline. Besides, when I listened carefully, I seemed to trace the falls of four instead of two feet.

aparentemente sana del mundo subterráneo, con su temperatura estable y uniforme, su aire puro y su silencio pacífico, en su lugar encontraron la muerte de una forma extraña y espeluznante. Había visto los tristes restos de sus cabañas mal hechas cuando pasé a su lado junto al grupo, y ahora me preguntaba qué influencia antinatural ejercería permanecer una larga temporada en esta caverna inmensa y silenciosa en alguien tan sano y enérgico como yo. Ahora, pensé sardónicamente, había llegado mi oportunidad para hallar la respuesta, si la necesidad de alimentarme no me llevaba a partir demasiado pronto de este mundo.

Cuando los últimos rayos de luz intermitentes provenientes de mi linterna se oscurecieron, resolví mover cielo y tierra, investigar todas las formas de escapar; así que, reuniendo toda la energía que poseían mis pulmones, di una serie de fuertes gritos, con la mínima esperanza de atraer la atención del guía con mi clamor. Sin embargo, mientras gritaba, creía profundamente que mis gritos no tenían propósito alguno, y que mi voz, amplificada y reflejada en las incontables murallas del laberinto negro que se erigía a mi alrededor, no llegaba a nadie más que a mí.

Sin embargo, de pronto, recuperé la concentración cuando creí oír el sonido de pasos suaves que se acercaban a mí en el suelo rocoso de la caverna.

¿Llegaría tan pronto mi salvación? Entonces, ¿mis temores horribles no habían tenido sentido y el guía, habiendo notado mi ausencia inexplicable del grupo, se encontraba siguiendo mi rastro y buscándome en este laberinto de piedra caliza? Mientras estos interrogantes felices surgían en mi cerebro, estaba a punto de volver a gritar para ser descubierto lo antes posible, cuando, en un instante, mi alegría se convirtió en horror mientras escuchaba; pues mi oído sensible, con un sentido agudizado incluso más por el silencio total de la cueva, le trajo a mi comprensión atrofiada la información inesperada y temible de que estas pisadas no pertenecían a ningún hombre mortal. En la quietud sobrenatural de esta región subterránea, el paso del guía con sus botas habría sonado como una serie de golpes fuertes e incisivos. Estos eran impactos suaves y sigilosos, como las patas de un felino. Además, cuando prestaba atención, parecía poder oír el sonido de cuatro patas en lugar de dos.

I was now convinced that I had by my own cries aroused and attracted some wild beast, perhaps a mountain lion which had accidentally strayed within the cave. Perhaps, I considered, the Almighty had chosen for me a swifter and more merciful death than that of hunger; yet the instinct of self-preservation, never wholly dormant, was stirred in my breast, and though escape from the on-coming peril might but spare me for a sterner and more lingering end, I determined nevertheless to part with my life at as high a price as I could command. Strange as it may seem, my mind conceived of no intent on the part of the visitor save that of hostility. Accordingly, I became very quiet, in the hope that the unknown beast would, in the absence of a guiding sound, lose its direction as had I, and thus pass me by. But this hope was not destined for realisation, for the strange footfalls steadily advanced, the animal evidently having obtained my scent, which in an atmosphere so absolutely free from all distracting influences as is that of the cave, could doubtless be followed at great distance.

Seeing therefore that I must be armed for defense against an uncanny and unseen attack in the dark, I groped about me the largest of the fragments of rock which were strewn upon all parts of the floor of the cavern in the vicinity, and grasping one in each hand for immediate use, awaited with resignation the inevitable result. Meanwhile the hideous pattering of the paws drew near. Certainly, the conduct of the creature was exceedingly strange. Most of the time, the tread seemed to be that of a quadruped, walking with a singular lack of unison betwixt hind and fore feet, yet at brief and infrequent intervals I fancied that but two feet were engaged in the process of locomotion. I wondered what species of animal was to confront me; it must, I thought, be some unfortunate beast who had paid for its curiosity to investigate one of the entrances of the fearful grotto with a lifelong confinement in its interminable recesses. It doubtless obtained as food the eyeless fish, bats and rats of the cave, as well as some of the ordinary fish that are wafted in at every freshet of Green River, which communicates in some occult manner with the waters of the cave. I occupied my terrible vigil with grotesque conjectures of what alteration cave life might have wrought in the physical structure of the beast, remembering the awful appearances ascribed by local tradition to the consumptives who had died after long residence in the cave. Then I remembered with a start that, even should I succeed in

Ahora estaba convencido de que mis propios gritos habían despertado y atraído a una bestia salvaje, quizá un puma que accidentalmente se había perdido en la cueva. Quizá, consideré, el Todopoderoso había escogido para mí una muerte más rápida y piadosa que una causada por el hambre; sin embargo, mi instinto de conservación, que nunca se extinguía completamente, se despertó, y a pesar de que este peligro inminente podría salvarme de un final más severo y agonizante, de todas formas resolví que solo entregaría mi vida al precio más alto posible. Aunque parezca extraño, mi mente no podía concebir que el visitante tuviese una intención que no fuese hostil. Consecuentemente, me volví sigiloso, con la esperanza de que, ante la ausencia de un sonido que la guiase, la bestia desconocida se desorientase igual que yo, y así pasara de largo. Pero esta esperanza era irrealizable, puesto que las extrañas pisadas avanzaron a un ritmo constante; evidentemente, el animal había captado mi olor, el cual, en una atmósfera que no contaba con ninguna influencia que lo distrajera como lo era la cueva, podría seguir sin dudas a una distancia importante.

Por ende, viendo que debía estar armado para defenderme contra un ataque imposible e invisible en la oscuridad, busqué, tanteando a mi alrededor, el fragmento más grande de roca de los que estaban desperdigados cerca mío en el suelo de la caverna, y, tomando uno en cada mano para utilizarlos inmediatamente, esperé, resignado, el resultado final. Mientras tanto, el espantoso repiqueteo de las patas se acercaba. Ciertamente, la conducta de la criatura era excesivamente extraña. La mayor parte del tiempo, parecían ser los pasos de un cuadrúpedo, que caminaba con una singular falta de sincronía entre sus patas traseras y delanteras, sin embargo, en intervalos breves y poco frecuentes, me pareció que dos de sus patas debían realizar un proceso de locomoción. Me pregunté qué especie animal me confrontaría; si sería, pensé, alguna bestia desafortunada que, como premio por su curiosidad de investigar una de las entradas de la temible gruta, se le había otorgado un confinamiento vitalicio en sus recovecos interminables. Sin dudas, se había alimentado de los peces sin ojos, los murciélagos y las ratas de la cueva, además de algunos de los peces comunes que eran transportados en cada crecida del río Green, que se comunicaba de alguna forma oculta con los cauces de la cueva. Me mantuve ocupado en mi terrible vigilia formando grotescas conjeturas sobre qué alteración habría traído la vida en la cueva a la estructura física de la bestia, recordando las horribles apariencias que la tradición local le atribuía a los tísicos que habían

felling my antagonist, I should never behold its form, as my torch had long since been extinct, and I was entirely unprovided with matches. The tension on my brain now became frightful. My disordered fancy conjured up hideous and fearsome shapes from the sinister darkness that surrounded me, and that actually seemed to press upon my body. Nearer, nearer, the dreadful footfalls approached. It seemed that I must give vent to a piercing scream, yet had I been sufficiently irresolute to attempt such a thing, my voice could scarce have responded. I was petrified, rooted to the spot. I doubted if my right arm would allow me to hurl its missile at the oncoming thing when the crucial moment should arrive. Now the steady pat, pat, of the steps was close at hand; now very close. I could hear the laboured breathing of the animal, and terror-struck as I was, I realised that it must have come from a considerable distance, and was correspondingly fatigued. Suddenly the spell broke. My right hand, guided by my ever trustworthy sense of hearing, threw with full force the sharp-angled bit of limestone which it contained, toward that point in the darkness from which emanated the breathing and pattering, and, wonderful to relate, it nearly reached its goal, for I heard the thing jump, landing at a distance away, where it seemed to pause.

Having readjusted my aim, I discharged my second missile, this time most effectively, for with a flood of joy I listened as the creature fell in what sounded like a complete collapse and evidently remained prone and unmoving. Almost overpowered by the great relief which rushed over me, I reeled back against the wall. The breathing continued, in heavy, gasping inhalations and expirations, whence I realised that I had no more than wounded the creature. And now all desire to examine the thing ceased. At last something allied to groundless, superstitious fear had entered my brain, and I did not approach the body, nor did I continue to cast stones at it in order to complete the extinction of its life. Instead, I ran at full speed in what was, as nearly as I could estimate in my frenzied condition, the direction from which I had come. Suddenly I heard a sound or rather, a regular succession of sounds. In another instant they had resolved themselves into a series of sharp, metallic clicks. This time there was no doubt. It was the guide. And then I shouted, yelled, screamed, even shrieked with joy as I beheld in the vaulted arches above the faint and glim-

muerto luego de una larga estadía en la caverna. Entonces recordé, con un sobresalto, que, incluso si tenía éxito en derrotar a mi oponente, jamás lo vería, ya que mi linterna se había apagado mucho tiempo atrás, y no contaba ni con una cerilla. Entonces, la tensión en mi cerebro se volvió atemorizante. Mis pensamientos desordenados creaban formas horribles y temibles en la siniestra oscuridad a mi alrededor, y parecían verdaderamente presionar contra mi cuerpo. Las horribles pisadas se acercaron más y más. Parecía que debía dar un grito agudo, sin embargo, aun si hubiese tenido la determinación suficiente como para intentarlo, mi voz a duras penas me hubiese respondido. Estaba petrificado y clavado en mi sitio. Dudaba que mi brazo izquierdo me permitiese lanzar el misil a la criatura que se acercaba cuando llegase el momento crucial. Entonces, el repiqueteo constante de los pasos estaba cerca; luego muy cerca. Podía oír la respiración pesada del animal, y, tan atemorizado como estaba, me di cuenta que debía venir de una distancia considerable, y, correspondientemente, me sentí fatigado. De pronto, el hechizo se rompió. Mi mano derecha, guiada por mi siempre confiable sentido de la audición, lanzó con toda su fuerza el filoso trozo de piedra caliza que contenía hacia aquel punto en la oscuridad del cual provenía la respiración y el repiqueteo y, cosa asombrosa de narrar, casi alcanzó su objetivo, pues oí como la criatura saltó y aterrizó a cierta distancia, donde pareció hacer una pausa.

Luego de cambiar la dirección hacia donde apuntaba, arrojé mi segundo misil y esta vez fue más efectivo, pues, inundado de alegría, esché como la criatura pareció colapsar completamente y, evidentemente, quedó tendido e inmóvil. Casi dominado por el gran alivio que me invadió, caí hacia atrás, contra el muro. Su respiración continuaba en inhalaciones y exhalaciones pesadas y jadeantes, y entonces noté que apenas había herido a la criatura. Y ahora, todo deseo de examinarla había cesado. Finalmente, algo aliado a un miedo irracional y supersticioso ingresó en mi cerebro, y no me acerqué al cuerpo ni seguí arrojándole rocas para terminar de una vez con su vida. En cambio, corrí a gran velocidad en la cual era, en base a mis mejores cálculos en mi condición alterada, la dirección de donde había venido. De pronto escuché un ruido, o más bien, una sucesión regular de ruidos. En otro instante, se definieron como una serie de ruidos secos, fuertes y metálicos. Esta vez no cabía duda. Era el guía. Entonces grité, vociferé, bramé, hasta chillé con alegría mientras contemplé los arcos abovedados sobre el resplandor tenue y brillante que sabía que pertenecía al reflejo de la luz de una

mering effulgence which I knew to be the reflected light of an approaching torch. I ran to meet the flare, and before I could completely understand what had occurred, was lying upon the ground at the feet of the guide, embracing his boots and gibbering, despite my boasted reserve, in a most meaningless and idiotic manner, pouring out my terrible story, and at the same time overwhelming my auditor with protestations of gratitude. At length, I awoke to something like my normal consciousness. The guide had noted my absence upon the arrival of the party at the entrance of the cave, and had, from his own intuitive sense of direction, proceeded to make a thorough canvass of by-passages just ahead of where he had last spoken to me, locating my whereabouts after a quest of about four hours.

By the time he had related this to me, I, emboldened by his torch and his company, began to reflect upon the strange beast which I had wounded but a short distance back in the darkness, and suggested that we ascertain, by the flashlight's aid, what manner of creature was my victim. Accordingly I retraced my steps, this time with a courage born of companionship, to the scene of my terrible experience. Soon we descried a white object upon the floor, an object whiter even than the gleaming limestone itself. Cautiously advancing, we gave vent to a simultaneous ejaculation of wonderment, for of all the unnatural monsters either of us had in our lifetimes beheld, this was in surpassing degree the strangest. It appeared to be an anthropoid ape of large proportions, escaped, perhaps, from some itinerant menagerie. Its hair was snow-white, a thing due no doubt to the bleaching action of a long existence within the inky confines of the cave, but it was also surprisingly thin, being indeed largely absent save on the head, where it was of such length and abundance that it fell over the shoulders in considerable profusion. The face was turned away from us, as the creature lay almost directly upon it. The inclination of the limbs was very singular, explaining, however, the alternation in their use which I had before noted, whereby the beast used sometimes all four, and on other occasions but two for its progress. From the tips of the fingers or toes, long rat-like claws extended. The hands or feet were not prehensile, a fact that I ascribed to that long residence in the cave which, as I before mentioned, seemed evident from the all-pervading and almost unearthly whiteness so characteristic of the whole anatomy. No tail seemed to be present.

linterna que se acercaba. Corrí para encontrarme con aquel fulgor, y, antes de que pudiese entender completamente lo que había ocurrido, me postré a los pies del guía, abrazando sus botas y hablando atropelladamente, a pesar de la calma que alardeaba, sin sentido alguno y de una manera muy idiota, lanzándole mi terrible historia y, a la vez, abrumando a mi servidor con mis expresiones de gratitud. Por fin regresé a algo que parecía mi mentalidad normal. El guía había notado mi ausencia cuando el grupo llegó a la entrada de la cueva, y, basándose en su propia orientación intuitiva, procedió a investigar a fondo los pasadizos que estaban justo delante de donde había hablado conmigo por última vez, localizando mi paradero luego de una búsqueda que duró alrededor de cuatro horas.

Para cuando me había relatado esto, yo, envalentonado por su linterna y su compañía, comencé a reflexionar sobre la extraña bestia que había herido a poca distancia en la oscuridad, y sugerí que confirmáramos, con la ayuda de la linterna, qué ser era mi víctima. Consecuentemente, desandé mi camino, esta vez con una valentía gestada por la compañía, hacia la escena de mi terrible experiencia. Pronto, hallamos un objeto blanco en el suelo, un objeto incluso más blanco que la mismísima piedra caliza brillante. Avanzamos con cautela y dimos una exclamación de asombro, puesto que, entre todos los monstruos sobrenaturales que habíamos contemplado en nuestras vidas, este era, por mucho, el más extraño. Parecía ser un mono antropoide de proporciones grandes, que quizá habría escapado de algún zoológico itinerante. Su cabello era blanco como la nieve, cosa sin duda debida a que había sido aclarado por una existencia larga dentro de los confines oscuros de la cueva, pero que también era sorprendentemente delgado, y estaba ausente en casi todo su cuerpo salvo en la cabeza, donde era tan largo y abundante que caía sobre sus hombros en gran abundancia. Su rostro no nos miraba, ya que estaba casi completamente contra el suelo. La inclinación de sus extremidades era bastante singular, pero sin embargo, explicaba la alternancia en su uso que había notado antes, ya que la bestia había utilizado a veces sus cuatro patas y en otras ocasiones solo dos para andar. De la punta de sus dedos se extendían garras largas similares a las de las ratas. Sus manos y pies no eran prensiles, un hecho que atribuí a aquella larga estadía en la cueva, la cual, como mencioné, parecía evidenciarse en la blancura tan extendida y casi sobrenatural que era tan característica en toda su anatomía. Parecía carecer de cola.

The respiration had now grown very feeble, and the guide had drawn his pistol with the evident intent of despatching the creature, when a sudden sound emitted by the latter caused the weapon to fall unused. The sound was of a nature difficult to describe. It was not like the normal note of any known species of simian, and I wonder if this unnatural quality were not the result of a long continued and complete silence, broken by the sensations produced by the advent of the light, a thing which the beast could not have seen since its first entrance into the cave. The sound, which I might feebly attempt to classify as a kind of deep-tone chattering, was faintly continued.

All at once a fleeting spasm of energy seemed to pass through the frame of the beast. The paws went through a convulsive motion, and the limbs contracted. With a jerk, the white body rolled over so that its face was turned in our direction. For a moment I was so struck with horror at the eyes thus revealed that I noted nothing else. They were black, those eyes, deep jetty black, in hideous contrast to the snow-white hair and flesh. Like those of other cave denizens, they were deeply sunken in their orbits, and were entirely destitute of iris. As I looked more closely, I saw that they were set in a face less prognathous than that of the average ape, and infinitely less hairy. The nose was quite distinct. As we gazed upon the uncanny sight presented to our vision, the thick lips opened, and several sounds issued from them, after which the thing relaxed in death.

The guide clutched my coat sleeve and trembled so violently that the light shook fitfully, casting weird moving shadows on the walls.

I made no motion, but stood rigidly still, my horrified eyes fixed upon the floor ahead.

The fear left, and wonder, awe, compassion, and reverence succeeded in its place, for the sounds uttered by the stricken figure that lay stretched out on the limestone had told us the awesome truth. The creature I had killed, the strange beast of the unfathomed cave, was, or had at one time been a MAN!

Su respiración era ahora muy débil, y el guía había sacado su pistola con la evidente intención de asesinar a la criatura, cuando un sonido repentino proveniente de ella provocó que el arma cayese sin ser utilizada. El sonido era de una naturaleza difícil de describir. No se asemejaba a una nota emitida por ninguna especie de simios, y me pregunté si esta cualidad inusual no sería el resultado de un largo y completo silencio, roto por las sensaciones producidas por la aparición de la luz, algo que la bestia no habría visto desde que había entrado a la cueva por primera vez. El sonido, que podría intentar clasificar como una especie de chillido grave, continuaba tenuemente.

Repentinamente, un espasmo fugaz de energía pareció invadir el porte de la bestia. Sus patas sufrieron un movimiento convulso y sus extremidades se contrajeron. Bruscamente, el cuerpo blanco se giró y su rostro miró en nuestra dirección. Por un momento, sentí tanto horror por los ojos que me fueron revelados que no pude notar nada más. Eran negros, aquellos ojos de un negro profundo como el ébano, contrastando horriblemente con la piel y el cabello que eran blancos como la nieve. Como sucedía con los otros habitantes de la cueva, estaban hundidos profundamente en sus cuencas, y carecían completamente de iris. Cuando lo miré con mayor atención, noté que reposaban en un rostro que tenía una mandíbula inferior menor a la del mono promedio y que era infinitamente menos peludo. Su nariz era bastante prominente. Mientras mirábamos la escena increíble que se nos presentaba, sus gruesos labios se abrieron y de ellos partieron varios sonidos, luego, la criatura cayó muerta.

El guía tomó la manga de mi abrigo con fuerza, y tembló con tanta violencia que la luz se sacudió intermitentemente, dibujando sombras que se movían extrañamente en los muros.

No me moví, sino que me quedé rígidamente inmóvil, mientras mis ojos horrorizados se fijaban delante nuestro en el suelo.

El miedo me abandonó, y el asombro, la maravilla y el respeto lo sucedieron, puesto que los sonidos emitidos por la figura herida que yacía estirada sobre la piedra caliza nos habían revelado la asombrosa verdad. ¡La criatura que había asesinado, la extraña bestia de la cueva insondable, era, o había sido un HUMANO!

THE WHITE APE
(FACTS CONCERNING THE
LATE ARTHUR JERMYN AND HIS FAMILY)

Life is a hideous thing, and from the background behind what we know of it peer demoniacal hints of truth which make it sometimes a thousandfold more hideous. Science, already oppressive with its shocking revelations, will perhaps be the ultimate exterminator of our human species—if separate species we be—for its reserve of unguessed horrors could never be borne by mortal brains if loosed upon the world.

If we knew what we are, we should do as Sir Arthur Jermyn did; and Arthur Jermyn soaked himself in oil and set fire to his clothing one night. No one placed the charred fragments in an urn or set a memorial to him who had been; for certain papers and a certain boxed object were found, which made men wish to forget. Some who knew him do not admit that he ever existed.

Arthur Jermyn went out on the moor and burned himself after seeing the boxed *object* which had come from Africa. It was this *object* and not his peculiar personal appearance, which made him end his life.

Many would have disliked to live if possessed of the peculiar features of Arthur Jermyn, but he had been a poet and scholar and had not minded. Learning was in his blood, for his great-grand-father, Sir Robert Jermyn, Bt., had been an anthropologist of note, whilst his great-great-great-grandfather, Sir Wade Jermyn, was one of the earliest explorers of the Congo region, and had written eruditely of its tribes, animals, and supposed antiquities, Indeed, old Sir Wade had possessed an intellectual zeal amounting almost to a mania; his bizarre conjectures on a prehistoric white Congolese civilization earning him much ridicule when his book, "Observations on the Several Parts of Africa," was published. In 1765, this fearless explorer had been placed in a madhouse at Huntingdon.

Madness was in all the Jermyns, and people were glad there were not many of them, The line put forth no branches, and Arthur was the

EL MONO BLANCO
(HECHOS CONCERNIENTES AL
DIFUNTO ARTHUR JERMYN Y SU FAMILIA)

La vida es una cosa horrible, y desde el trasfondo que está detrás de lo que sabemos sobre ella, podemos ver con dificultad demoníacas pistas de una verdad que a veces la vuelven mil veces más horrible. La ciencia, que ya nos oprime con sus revelaciones sorprendentes, sería quizá lo que finalmente extermine a nuestra especie humana si perteneciésemos a otra especie, puesto que sus reservas de horrores insospechados nunca podrían ser creadas por cerebros mortales si fuesen liberadas en el mundo.

Si las conociésemos, haríamos lo mismo que hizo sir Arthur Jermyn; y Arthur Jermyn se empapó con aceite y le prendió fuego a su ropa una noche. Nadie puso sus fragmentos chamuscados en una urna ni conmemoró quien había sido; puesto que se encontraron ciertos papeles y cierto objeto en una caja que hicieron que los hombres desearan olvidarlo. Algunas personas que lo conocían no admiten que jamás haya existido.

Arthur Jermyn fue a un páramo y se prendió fuego luego de ver el *objeto* en una caja que había llegado de África. Fue este *objeto* y no su apariencia personal peculiar lo que lo llevó a acabar con su vida.

Muchos hubiesen detestado vivir si hubiesen poseído las peculiares características de Arthur Jermyn, pero él era un poeta y un erudito y no le importaba. El aprendizaje corría por sus venas, puesto que su bisabuelo, el baronet sir Robert Jermyn, había sido un notable antropólogo, mientras que su trastatarabuelo, sir Wade Jermyn, fue uno de los primeros exploradores de la región del Congo, y había escrito eruditamente sobre sus tribus, animales, y supuestas antigüedades. En efecto, el viejo sir Wade poseía un fervor intelectual que casi llegaba a ser una manía: sus extrañas conjeturas sobre una civilización prehistórica blanca en el Congo, lo que le ganó el ridículo cuando publicó su libro, *Observaciones de varias partes de África.* En 1765, este intrépido explorador fue encerrado en un manicomio en Huntingdon.

La locura estaba presente en todos los Jermyn, y las personas se alegraban de que no hubiese muchos de ellos. Su linaje no tenía ramifica-

last of it. If he had not been, one can not say what he would have done when the *object* came.

The Jermyns never seemed to look quite right—something was amiss, though Arthur was the worst, and the old family portraits in Jermyn House showed fine faces enough before Sir Wade's time. Certainly, the madness began with Sir Wade, whose wild stories of Africa were at once the delight and terror of his few friends. It showed in his collection of trophies and specimens, which were not such as a normal man would accumulate and preserve, and appeared strikingly in the Oriental seclusion in which he kept his wife. The latter, he had said, was the daughter of a Portuguese trader whom he had met in Africa; and she did not like English ways. She, with an infant son born in Africa, had accompanied him back from the second and longest of his trips, and had gone with him on the third and last, never returning.

No one had ever seen her closely, not even the servants; for her disposition had been violent and singular. During her brief stay at Jermyn House she occupied a remote wing, and was waited on by her husband alone. Sir Wade was, indeed, most peculiar in his solicitude for his family; for when he returned to Africa he would permit no one to care for his young son save a loathsome black woman from Guinea. Upon coming back, after the death of Lady Jermyn, he himself assumed complete care of the boy.

But it was the talk of Sir Wade, especially when in his cups, which chiefly led his friends to deem him mad. Ina rational age like the eighteenth century it was unwise for a man to talk about wild sights and strange scenes under a Congo moon; of the gigantic walls and pillars of a forgotten city, crumbling and vine-grown, and of damp, silent, stone steps leading interminably down into the darkness of abysmal treasure-vaults and: inconceivable catacombs. Especially was it unwise to rave of the living things that might haunt such a place; of creatures half of the jungle and half of the impiously aged city—fabulous creatures which even a Pliny might describe with scepticism; things that might have sprung up after the great apes had overrun the dying city with the walls and the pillars, the vaults and the weird carvings.

ciones y Arthur fue el último de ellos. Si no lo hubiese sido, no se puede predecir qué habría hecho cuando llegó el *objeto*.

Los Jermyn jamás tuvieron un buen aspecto: había algo visiblemente mal en ellos, aunque Arthur era el peor ejemplo, y los viejos retratos familiares de la casa Jermyn mostraban rostros perfectos mucho antes de la época de sir Wade. Ciertamente, la locura comenzó con sir Wade, cuyas salvajes historias sobre África fueron alguna vez el deleite y terror de sus pocos amigos. Se evidenciaba en su colección de trofeos y especímenes, los cuales no eran como los que acumularía y preservaría un hombre normal, y aparecían sorprendentemente en el claustro oriental en el que encerraba a su esposa. Esta última, decía él, era la hija de un comerciante portugués que había conocido en África; y no le gustaban las formas inglesas. Ella, junto a su hijo, que todavía era un infante, quien había nacido en África, lo había acompañado de regreso de su segundo y más largo viaje, y había partido con él hacia el tercero y último, del cual jamás regresó.

Nadie la había visto de cerca, ni siquiera la servidumbre; puesto que tenía un carácter violento y singular. Durante su breve estadía en la Casa Jermyn, se había instalado en un ala remota de la misma, y solo su esposo la servía. Sir Wade era, en efecto, bastante peculiar en la forma en la que se preocupaba por su familia; ya que, cuando regresó a África, no permitía que nadie cuidara de su joven hijo salvo una detestable mujer negra de Guinea. Al regresar a su país, luego de la muerte de lady Jermyn, él mismo se encargó de todos los cuidados del niño.

Pero era lo que decía sir Wade, especialmente cuando estaba borracho, el principal factor que llevó a que sus amigos lo consideraran loco. En una era racional como el siglo XVIII, era imprudente que un hombre hablase sobre avistajes salvajes y escenas extrañas bajo una luna congolesa; sobre muros gigantes y pilares de una ciudad olvidada, desmoronándose y cubiertos por plantas trepadoras, y sobre escalones de piedra húmedos y silenciosos que descendían interminablemente hacia la oscuridad de bóvedas del tesoro abismales y catacumbas inconcebibles. Era especialmente imprudente delirar sobre los seres vivos que podrían acechar dicho lugar; sobre criaturas que eran medio de la selva y medio de la ciudad irreverentemente antigua; criaturas fabulosas que incluso Plinio describiría con escepticismo; seres que habrían aparecido luego de que los grandes monos hubiesen invadido la ciudad

Yet after he came home for the last time Sir Wade would speak of such matters with a shudderingly uncanny zest, mostly after his third glass at the Knight's Head; boasting of what he had found in the jungle and of how he had dwelt among terrible ruins known only to him, And finally he had spoken of the living things in such a manner that he was taken to the madhouse.

He had shown little regret when shut into the barred room at Huntingdon, for his mind moved curiously. Ever since his son had commenced to grow out of infancy he had liked his home less and less, till at last he had seemed to dread it. The Knight's Head had been his headquarters, and when he was confined he expressed some vague gratitude as if for protection,—

Three years later he died.

Wade Jermyn's son, Philip, was a highly peculiar person. Despite a strong physical resemblance to his father, his appearance and conduct were in many particulars so coarse that he was universally shunned. Though he did not inherit the madness which was feared by some, he was densely stupid and given to brief periods of uncontrollable violence. In frame he was small, but intensely powerful, and was of incredible agility.

Twelve years after succeeding to his title he married the daughter of his gamekeeper, a person said to be of gypsy extraction, but before his son was born he joined the navy as a common sailor, completing the general disgust which his habits and mesalliance had begun. After the close of the American war he was heard of as a sailor on a merchantman in the African trade, having a kind of reputation for feats of strength and climbing, but finally disappearing one night as his ship lay off the Congo coast.

In the son of Sir Philip Jermyn the now accepted family peculiarity took a strange and fatal turn. Tall and fairly handsome, with a sort of weird Eastern grace despite certain slight oddities of proportion, Robert Jermyn began life as a scholar and investigator. It was he who

agonizante y sus muros y sus pilares, sus bóvedas y sus raros grabados.

Sin embargo, luego de que regresara a casa por última vez, sir Wade hablaba de dichos temas con un fervor temiblemente irreal, más que nada luego de su tercera copa en Knight's Head; alardeando sobre lo que había encontrado en la jungla y cómo moró entre terribles ruinas conocidas solo por él. Y, finalmente, habló sobre aquellos seres de una manera que lo había llevado al manicomio.

Mostró poco pesar cuando fue encerrado en su celda en Huntingdon, ya que su mente se movía de forma curiosa. Desde que su hijo había comenzado a salir de la infancia, su hogar le gustaba cada vez menos, hasta que, al final, pareció empezar a temerle. Knight's Head había servido como sus cuarteles, y cuando fue encerrado, expresó una gratitud vaga, como si fuese a protegerlo.

Falleció tres años después.

El hijo de Wade Jermyn, Philip, era una persona tremendamente peculiar. A pesar de tener una gran similitud física con su padre, su apariencia y conducta eran, en muchas formas, tan vulgares que todos rehuían de él. A pesar de que no heredó la locura que algunos temían, era densamente estúpido y era propenso a breves períodos de violencia incontrolable. Su porte era pequeño pero intensamente poderoso, y de una agilidad increíble.

Doce años después de heredar su título, se casó con la hija de su guardabosques, quien se decía que era de extracción gitana, pero antes de que naciera su hijo, se unió a la marina como marinero común, lo cual completaba el disgusto general que despertaban sus hábitos y su matrimonio socialmente asimétrico. Luego de que terminó la guerra de la independencia estadounidense, se decía que era marinero en un buque mercante involucrado en el comercio africano, y tenía cierta reputación por proezas de fuerza y trepando, pero finalmente desapareció una noche en la que su navío partió de la costa congolesa.

La peculiaridad de la familia, que para este punto ya era aceptada, tomó un giro extraño y fatal con el hijo de sir Philip Jermyn. Alto y bastante apuesto, con cierta extraña gracia oriental a pesar de ciertas leves asimetrías en sus proporciones, Robert Jermyn comenzó su vida como

first studied scientifically the vast collection of relies which his mad grandfather had brought from Africa, and who made the family name as celebrated in ethnology as in exploration.

In 1815, Sir Robert married a daughter of the seventh Viscount Brightholme and was subsequently blessed with three children, the eldest and youngest of whom were never publicly seen on account of deformities in mind and body. Saddened by these family misfortunes, the scientist sought relief in work, and made two long expeditions in the interior of Africa. In 1849, his second son, Nevil, a singularly repellent person who seemed to combine the surliness of Philip Jermyn with the hauteur of the Brightholmes, ran away with a vulgar dancer, but was pardoned upon his return in the following year. He came back to Jermyn House a widower with an infant son, Alfred, who was one day to be the father of Arthur Jermyn.

Friends said that it was this series of griefs which unhinged the mind of Sir Robert Jermyn, yet it was probably merely a bit of African folklore which caused the disaster. The elderly scholar had been collecting legends of the Onga tribes near the field of his grandfather's and his own explorations, hoping in some way to account for Sir Wade's wild tales of a lost city peopled by strange hybrid creatures. A certain consistency in the strange papers of his ancestor suggested that the madman's imagination might have been stimulated by native myths.

On October 19, 1852, the explorer Samuel Seaton called at Jermyn House with a manuscript of notes, collected among the Ongas, believing that certain legends of a gray city of white apes ruled by a white god might prove valuable to the ethnologist. In his conversation he probably supplied many additional details; the nature of which will never be known, since a hideous series of tragedies suddenly burst into being,

When Sir Robert Jermyn emerged from his library he left behind the strangled corpse of the explorer, and before he could be restrained, had put an end to all three of his children; the two who were never seen, and the son who had run away. Nevil Jermyn died in the

estudioso e investigador. Fue él quien estudió científicamente por primera vez la vasta colección de reliquias que su abuelo loco había traído de África, y que hizo que su apellido fuese célebre tanto en la etnología como en la exploración.

En 1815, sir Robert se casó con una hija del séptimo vizconde Brightholme y fue consecuentemente bendecido con tres niños; el mayor y el menor jamás fueron vistos en público debido a que presentaban deformidades mentales y físicas. Entristecido por estas desgracias familiares, el científico buscó consuelo en su trabajo, y realizó dos largas expediciones al interior de África. En 1849 su segundo hijo, Nevil, una persona particularmente repulsiva que parecía combinar la hosquedad de Philip Jermyn con la condescendencia de los Brightholme, huyó de casa junto con una bailarina exótica, pero fue perdonado al regresar un año después. Regresó a la Casa Jermyn como un viudo con un hijo que era aún un infante, Alfred, quien algún día sería el padre de Arthur Jermyn.

Sus amigos decían que fue una serie de penas lo que enfermó la mente de sir Robert Jermyn, sin embargo, es probable que, simplemente, un poco de folklore africano estuviese detrás del desastre. El anciano erudito había estado coleccionando leyendas de las tribus ongas que estaban cerca del área de las expediciones propias y de su abuelo, esperando poder explicar de alguna forma los salvajes relatos de una ciudad perdida habitada por extrañas criaturas híbridas de sir Wade. Cierta consistencia en los extraños papeles de su ancestro sugerían que la imaginación del loco pudo haber sido estimulada por mitos nativos.

El 19 de octubre de 1852, el explorador Samuel Seaton apareció en la casa Jermyn con un manuscrito de notas que habían sido tomadas viviendo entre los ongas, con la creencia de que ciertas leyendas sobre una ciudad gris de monos blancos que eran gobernados por un dios blanco podrían ser valiosos para el etnólogo. En su conversación posiblemente añadió muchos detalles, cuya naturaleza jamás conoceremos ya que entonces se dio rienda suelta a una horrible serie de tragedias.

Cuando sir Robert Jermyn salió de su biblioteca, dejó allí al cadáver estrangulado del explorador, y antes de poder ser retenido, asesinó a sus tres hijos; a los dos que no habían sido vistos jamás y al hijo que había escapado. Nevil Jermyn murió al defender con éxito a su propio hijo

successful defense of his own two-year-old son, who had apparently been included in the old man's madly murderous scheme. Sir Robert himself, after repeated attempts at suicide and a stubborn refusal to utter any articulate sound, died of apoplexy in the second year of his confinement.

Sir Alfred Jermyn was a baronet before his fourth birthday, but his tastes never matched his title. At twenty he had joined a band of music-hall performers, and at thirty-six had deserted his wife and child to travel with an itinerant American circus.

His end was very revolting. Among the animals in the exhibition with which he traveled: was a huge bull gorilla of lighter color than the average; a surprisingly tractable beast of much popularity with the performers. With this gorilla Alfred Jermyn was singularly fascinated, and on many occasions the two would eye each other for long periods through the intervening bars.

Eventually Jermyn asked and obtained permission to train the animal, astonishing audiences and fellow-performers alike with his success. One morning in Chicago, as the gorilla and Alfred Jermyn were rehearsing an exceedingly clever boxing match, the former delivered a blow of more than usual force, hurting both the body and the dignity of the amateur trainer.

Of what followed, members of "The Greatest Show on Earth" do not like to speak, They did not expect to hear Sir Alfred Jermyn emit a shrill, inhuman scream, or to see him seize his clumsy antagonist with both hands, dash it to the floor of the cage, and bite fiendishly at its hairy throat. The gorilla was off its guard, but not for long, and before anything could be done by the regular trainer the body which had belonged to a baronet was past recognition.

Arthur Jermyn was the son of Sir Alfred Jermyn and a music-hall singer of unknown origin. When the husband and father deserted his family, the mother took the child to Jermyn House; where there was none left to object to her presence. She was not without notions of

de dos años, quien aparentemente había sido incluido en el loco plan homicida del anciano. El mismo sir Robert, luego de varios intentos de suicidio y de una férrea negación a articular cualquier sonido, falleció de apoplejía durante el segundo año de su confinamiento.

Sir Alfred Jermyn fue nombrado baronet antes de su cuarto cumpleaños, pero sus gustos jamás coincidieron con su título. A los veinte años se unió a una banda de artistas de music hall, y a los treinta y seis había abandonado a su esposa e hijo para viajar con un circo itinerante estadounidense.

Su final fue bastante repulsivo. Entre los animales en la exhibición con la que viajaba, había un enorme gorila de gigantes proporciones que era de un color levemente más pálido que la media; una bestia sorprendentemente dócil que era muy popular entre los artistas. Este gorila fascinaba singularmente a Alfred Jermyn y, en muchas ocasiones, los dos se miraban durante largos períodos de tiempo a través de las rejas que los separaban.

Eventualmente, Jermyn pidió y obtuvo permiso para entrenar al animal, dejando atónitos tanto a la audiencia como a sus colegas al tener éxito. Una mañana en Chicago, mientras el gorila y Alfred Jermyn ensayaban una lucha de boxeo tremendamente ingeniosa, el primero lo golpeó con más fuerza de lo usual e hirió tanto el cuerpo como la dignidad del entrenador novato.

A los integrantes de «El mejor espectáculo del mundo» no les gusta hablar sobre lo que sucedió después. No esperaban oír a sir Alfred Jermyn emitir un grito agudo e inhumano, o verlo tomar a su torpe antagonista con ambas manos, derribarlo al suelo de la jaula, y morder diabólicamente su peluda garganta. El gorila tenía la guardia baja, pero no duró así mucho tiempo, y antes de que su entrenador usual pudiese actuar, el cuerpo que había pertenecido al baronet había quedado irreconocible.

Arthur Jermyn era hijo de sir Alfred Jermyn y a un cantante de music hall de orígenes desconocidos. Cuando el padre y esposo abandonó a su familia, la madre llevó al niño a la Casa Jermyn; allí, no quedaba nadie que rechazara su presencia. Tenía ideas sobre lo que debía ser la digni-

what a nobleman's dignity should be, and saw to it that her son received the best education which limited money could provide.

The family resources were now sadly slender, and Jermyn House had fallen into woeful disrepair, but young Arthur loved the old edifice and all its contents. He was not like any other Jermyn who had ever lived, for he was a poet and a dreamer. Some of the neighboring families who had heard tales of old Sir Wade Jermyn's unseen Portuguese wife, declared that her Latin blood must be showing itself; but most persons merely sneered at his sensitiveness to beauty, attributing it to his music-hall mother, who was socially unrecognized.

The poetic delicacy of Arthur Jermyn was the more remarkable because of his uncouth personal appearance. Most of the Jermyns had possessed a subtly odd and repellent cast, but Arthur's case was very striking. It is hard to say just what he resembled, but his expression, his facial angle, and the length of his arms gave a thrill of repulsion to those who met him for the first time.

It was the mind and character of Arthur Jermyn which atoned for his aspect. Gifted and learned, he took highest honors at Oxford and seemed likely to redeem the intellectual fame of his family. Though of poetic rather than scientific temperament, he planned to continue the work of his forefathers in African ethnology and antiquities, utilizing the truly wonderful though strange collection of Sir Wade. With his fanciful mind he thought often of the prehistoric civilization in which the mad explorer had so implicitly believed, and would weave tale after tale about the silent jungle city mentioned in the latter's wilder notes and paragraphs, For the nebulous utterances concerning a nameless, unsuspected race of jungle hybrids he had a peculiar feeling of mingled terror and attraction; speculating on the possible basis of such a fancy, and seeking to obtain light among the more recent data gleaned by his great-grandfather and Samuel Seaton amongst the Ongas.

In 1911, after the death of his mother, Sir Arthur Jermyn determined to pursue his investigations to the utmost extent. Selling a portion of his estate to obtain the requisite money, he outfitted an expedition and sailed for the Congo. Arranging with the Belgian au-

dad de un noble, y procuró que su hijo recibiera la mejor educación que pudiese proveer su escaso dinero.

Los recursos familiares tristemente flaqueaban, y la casa Jermyn había caído en tiempos difíciles, pero el joven Arthur amaba la antigua edificación y todo lo que contenía. Era diferente a todos los Jermyn anteriores, ya que era un poeta y un soñador. Algunas de las familias que habían oído relatos sobre la esposa portuguesa del viejo sir Wade Jermyn, que jamás habían visto, declararon que debía estar evidenciando su sangre latina; pero la mayoría de las personas simplemente se burlaban de su sensibilidad a la belleza y la atribuían a su madre perteneciente al music hall, que no tenía status social.

La delicadeza poética de Arthur Jermyn destacaba aún más por su rústica apariencia personal. La mayoría de los Jermyn habían poseído una disposición sutilmente extraña y repulsiva, pero el caso de Arthur era muy sorprendente. Es difícil especificar a qué se parecía, pero su expresión, el ángulo de su rostro, y el largo de sus brazos le hacían sentir repulsión a quienes lo conocían por primera vez.

La mente y el carácter de Arthur Jermyn compensaban por su aspecto. Dotado y sabio, se le otorgaron los honores más altos en Oxford y parecía que podría redimir la fama intelectual de su familia. Aunque tenía un carácter más poético que científico, planeaba continuar con el trabajo de sus antepasados en la etnología y antigüedades africanas, utilizando la colección verdaderamente asombrosa, aunque extraña, de sir Wade. Su mente imaginativa a menudo pensaba en la civilización prehistórica en la cual había creído tan férreamente y de forma implícita el explorador loco, y tejía historia tras historia sobre la silenciosa ciudad en la jungla que era mencionada en las salvajes notas y párrafos de este último. Sentía una mezcla de terror y atracción hacia los nebulosos pasajes que trataban sobre una raza insospechada y sin nombre de híbridos en la jungla; y especulaba sobre las posibles razones detrás de dicha noción y buscaba obtenerlas entre los datos más recientes recogidos por su bisabuelo y Samuel Seaton cuando vivía entre los ongas.

En 1911, luego de la muerte de su madre, sir Arthur Jermyn resolvió seguir sus investigaciones hasta las últimas consecuencias. Luego de vender una porción de su propiedad para obtener el dinero que necesitaba, organizó una expedición y zarpó hacia el Congo. Hizo arreglos con

thorities for a party of guides, he spent a year in the Onga and Kaliri country, finding data beyond the highest of his expectations. Among the Kaliris was an aged chief called Mwanu, who possessed not only a highly retentive memory, but a singular degree of intelligence and interest in old legends. This ancient confirmed every tale which Jermyn had heard, adding his own account of the stone city and the white apes as it had been told to him.

According to Mwanu, the gray city and the hybrid creatures were no more, having been annihilated by the warlike N'bangus many years ago. This tribe, after destroying most of the edifices and killing the live beings, had carried off the stuffed goddess which had been the object of their quest; the white-ape goddess which the strange beings worshiped, and which was held by Congo tradition to be the form of one who had reigned as a princess among those beings. Just what the white apelike creatures could have been, Mwanu had no idea, but he thought they were the builders of the ruined city. Jermyn could form no conjecture, but by close questioning obtained a very picturesque legend of the stuffed goddess.

The ape-princess, it was said, became the consort of a great white god who had come out of the West. For a long time they had reigned over the city together, but when they had a son all three went away. Later the god and the princess had returned, and upon the death of the princess her divine husband had mummified the body and enshrined it in a vast house of stone, where it was worshiped. Then he had departed alone.

The legend here seemed to present three variants. According to one story nothing further happened save that the stuffed goddess became a symbol of supremacy for whatever tribe might possess it. It was for this reason that the N'bangus carried it off. A second story told of the god's return and death at the feet of his enshrined wife. A third told of the return of the son, grown to manhood—or apehood or godhood, as the case might be—yet unconscious of his identity. Surely the imaginative blacks had made the most of whatever events might lie behind the extravagant legendry.

las autoridades belgas para obtener un grupo de guías, pasó un año en el país de los ongas y los kaliris, y encontró datos que sobrepasaban la más alta de sus expectativas. Entre los kaliris se encontraba un anciano cacique llamado Mwanu, quien poseía no solo una memoria altamente retentiva, sino también un singular grado de inteligencia e interés por las leyendas antiguas. Este anciano confirmó cada uno de los relatos que había oído Jermyn, y les añadió su propia versión de la historia sobre la ciudad de piedra y los monos blancos de la forma en la que se la habían contado.

Según las palabras de Mwanu, la ciudad gris y las criaturas híbridas habían dejado de existir, ya que habían sido aniquiladas por los guerreros n'bangus muchos años atrás. Esta tribu, luego de destruir la mayor parte de las edificaciones y matar a los seres vivos, se llevó a la diosa disecada que había sido el objetivo de su búsqueda; la mona blanca diosa que veneraban los seres extraños, y que la tradición congolesa consideraba que había sido la forma de alguien que había reinado como una princesa entre aquellos seres. Mwanu no tenía idea de qué podrían haber sido esas criaturas blancas similares a los monos, pero creía que habían sido los arquitectos de la ciudad en ruinas. Jermyn no podía formar conjetura alguna sobre ello, pero a través de un profundo interrogatorio obtuvo una leyenda pintoresca sobre la diosa disecada.

Se decía que la princesa mona fue la consorte de un gran dios blanco que venía de occidente. Por mucho tiempo reinaron juntos sobre la ciudad, pero, luego de tener un hijo, los tres la abandonaron. Luego, el dios y la princesa regresaron, y cuando la princesa murió, su esposo divino momificó su cuerpo y lo conservó en una vasta casa de piedra, donde era venerada. Luego, partió solo.

A partir de aquí, la leyenda parecía presentar tres variantes. Según una versión, no había pasado nada más salvo que la diosa disecada se convirtió en un símbolo de la supremacía de cualquier tribu que la poseyera. Fue por esta razón que los n'bangus se la llevaron. Una segunda versión relataba el regreso del dios y su muerte a los pies de su esposa conservada. Una tercera relataba el regreso del hijo, ahora un hombre —o un mono adulto o un gran dios, como fuese el caso—, sin embargo, desconocía su propia identidad. Seguramente, los imaginativos negros habían inventado la mayor parte de cualesquiera hubiesen sido los

Of the reality of the old jungle city described by Sir Wade, Arthur Jermyn had no further doubt; and was hardly astonished when, in 1912, he eame upon what was left of it. Its size must have been exaggerated, yet the stones lying about proved that it was no mere negro village. Unfortunately, no carvings could be found, and the small size of the expedition prevented operations toward clearing the one visible passageway that seemed to lead down into the system of vaults which Sir Wade had mentioned. The white apes and the stuffed goddess were discussed with all the native chiefs of the region, but it remained for a European to improve on the data offered by old Mwanu. M. Verhaeren, Belgian agent at a trading-post on the Congo, believed that he could not only locate but obtain the stuffed goddess, of which he had vaguely heard; since the once mighty N'bangus were now the submissive servants of King Albert's government, and with but little persuasion could be induced to part with the gruesome deity they had carried off.

When Jermyn sailed for England, therefore, it was with the exultant probability that he would within a few months receive a priceless ethnological relic confirming the wildest of his great-great-great-grandfather's narratives—that is, the wildest which he had ever heard. Countrymen near Jermyn House had perhaps heard wilder tales handed down from ancestors who had listened to Sir Wade around the tables of the Knight's Head.

Arthur Jermyn waited very patiently for the expected box from M. Verhaeren, meanwhile studying with increased diligence the manuscripts left by his mad ancestor. He began to feel closely akin to Sir Wade, and to seek relics of the latter's personal life in England as well as of his African exploits, Oral accounts of the mysterious und secluded wife had been numerous, but no tangible relic of her stay at Jermyn House remained. Jermyn wondered what circumstance had prompted or permitted such an effacement, and decided that the husband's insanity was the prime cause.

His great-great-great-grandmother, he recalled, was said to have

eventos detrás de la extravagante leyenda.

Arthur Jermyn ya no dudaba en lo más mínimo que la vieja ciudad en la jungla descrita por sir Wade era real; y apenas se asombró cuando la encontró en 1912. Debían haber exagerado su tamaño; sin embargo, las piedras que yacían a su alrededor demostraban que no era una simple aldea de negros. Desafortunadamente, no encontró ningún grabado, y el pequeño tamaño de la expedición previno que se realizaran operaciones que abrieran el único pasadizo visible que parecía descender hacia el sistema de bóvedas que sir Wade había mencionado. Discutió sobre los monos blancos y la diosa disecada con todos los caciques nativos de la región, pero dependía de un europeo para mejorar los datos que ofreció el viejo Mwanu. Monsieur Verhaeren, un agente belga de una factoría en el Congo, creía que no sería solo capaz de localizar, sino también de obtener a la diosa disecada, de la cual solo había oído vagamente, ya que los n'bangus, quienes alguna vez habían sido poderosos, ahora eran los sumisos sirvientes del gobierno del rey Alberto, y con un poco de persuasión podrían ser inducidos a abandonar a la macabra diosa que se habían llevado.

Entonces, cuando Jermyn zarpó a Inglaterra, lo hizo con la exultante posibilidad de que, dentro de un par de meses, recibiría una impagable reliquia etnológica que confirmaba la narrativa más salvaje de su trastatarabuelo; o más bien, la más salvaje que había oído. Los campesinos que vivían cerca de la casa Jermyn habían oído relatos aún más salvajes de boca de los ancestros que habían escuchado a sir Wade alrededor de las mesas de Knight's Head.

Arthur Jermyn esperó con mucha paciencia por la ansiada caja de monsieur Verhaeren mientras estudiaba, con una diligencia cada vez mayor, los manuscritos que había dejado su ancestro loco. Comenzó a sentir una gran conexión con sir Wade y a buscar reliquias de la vida personal de este último en Inglaterra, así como de sus hazañas en África. Había varios relatos orales sobre la esposa misteriosa y enclaustrada, pero no quedaba ni una reliquia tangible de su estadía en la casa Jermyn. Jermyn se preguntaba qué circunstancia habría impulsado o permitido tal encierro, y decidió que la causa principal había sido la locura de su esposo.

Recordaba que se decía que su trastatarabuela había sido la hija de un

been the daughter of a Portuguese trader: in Africa. No doubt her practical heritage and superficial knowledge of the Dark Continent had caused her to flout Sir Wade's tales of the interior, a thing which such a man would not be likely to forgive. She had died in Africa, perhaps dragged thither by a husband determined to prove what he had told. But as Jermyn indulged in these reflections he could not but smile at their futility, a century and a half after the death of both of his strange progenitors.

In June, 1913, a letter arrived from M. Verhaeren, telling of the finding of the stuffed goddess. It was, the Belgian averred, a most extraordinary object; an object quite beyond the power of a layman to classify. Whether it was human or simian only a scientist could determine, and the process of determination would be greatly hampered by its imperfect condition. Time and the Congo climate are not kind to mummies; especially when their preparation is as amateurish as seemed to be the case here. Around the creature's neck had been found a golden chain bearing an empty locket on which were armorial designs; no doubt some hapless traveler's keep-sake, taken by the N'bangus and hung upon the goddess as a charm, In commenting on the contour of the mummy's face, M. Verhaeren suggested a whimsical comparison; or rather, expressed a humorous wonder just how it would strike his correspondent, but was too much interested scientifically to waste many words in levity. The stuffed goddess, he wrote, would arrive, duly packed, about a month after receipt of the letter.

The boxed object was delivered at Jermyn House on the afternoon of August 3, 1913, being conveyed immediately to the large chamber which housed the collection of African specimens as arranged by Sir Robert and Arthur. What ensued can best be gathered from the tales of servants and from things and papers later examined. Of the various tales, that of aged Soames, the family butler, is most ample and coherent. According to this trustworthy man, Sir Arthur Jermyn dismissed everyone from the room before opening the box, though the instant sound of hammer and chisel showed that he did not delay the operation. Nothing was heard for some time; just how long Soames cannot exactly estimate; but it was certainly less than a quarter of an hour later that the horrible scream, undoubtedly in Jermyn's voice,

comerciante portugués que estaba en África. Sin dudas, su ascendencia práctica y conocimiento superficial del continente oscuro la habían llevado a despreciar los relatos del interior del continente de sir Wade, algo que era improbable que un hombre como él perdonase. Ella falleció en África, quizá arrastrada allí por un esposo resuelto a probar lo que había dicho. Pero mientras Jermyn se entregaba a estas reflexiones, no podía evitar sonreír ante la inutilidad de las mismas; había pasado un siglo y medio desde la muerte de sus dos extraños antepasados.

En junio de 1913, llegó una carta de monsieur Verhaeren, en la que relataba el hallazgo de la diosa disecada. El belga aseveró que era un objeto extraordinario; un objeto que traspasaba la capacidad que poseía un hombre común de clasificarlo. Solo un científico sería capaz de determinar si era humano o simio, y el proceso de determinarlo sería obstaculizado en gran medida por su condición imperfecta. El tiempo y el clima del Congo no trataban bien a las momias; especialmente cuando su preparación era tan amateur como parecía serlo en este caso. Se había encontrado una cadena dorada de la que colgaba un relicario vacío en el cual había diseños pertenecientes a escudos de armas; sin dudas, el recuerdo de algún viajero desafortunado que había sido tomado por los n'bangus y colgados en la diosa como amuleto. Al comentar el contorno del rostro de la momia, monsieur Verhaeren sugirió una comparación extravagante; o, más bien, expresó una duda cómica sobre qué pensaría su corresponsal, pero estaba demasiado interesado científicamente como para gastar palabras en el humor. La diosa disecada, escribió, llegaría, empacada de la forma debida, alrededor de un mes luego de que su corresponsal recibiera la carta.

El objeto en la caja fue entregado a la Casa Jermyn la tarde del 3 de agosto de 1913, y fue transportado inmediatamente a una gran recámara habitada por la colección de especímenes africanos dispuestos por sir Robert y Arthur. Lo que sucedió entonces puede ser recogido por los relatos de los sirvientes y de las cosas y papeles que fueron examinados posteriormente. De los diversos relatos, el del anciano Soames, el mayordomo de la familia, es el más amplio y coherente. Según este confiable hombre, sir Arthur Jermyn le ordenó a todos que salieran del cuarto antes de abrir la caja, pero el sonido del martillo y el cincel que se oyó al instante demostró que no atrasó la operación. No se oyó nada por un tiempo; Soames no pudo estimar exactamente cuánto pasó; pero ciertamente, menos de un cuarto de hora después se oyó un grito horri-

was heard.

Immediately afterward Jermyn emerged from the room, rushing frantically toward the front of the house as if pursued by some hideous enemy. The expression on his face, a face ghastly enough in repose, was beyond description. When near the front door he seemed to think of something, and turned back in his flight, finally disappearing down the stairs to the cellar, The servants were utterly dumfounded, and watched at the head of the stairs, but their master did not return. A smell of oil was all that came up from the regions below.

After dark a rattling was heard at the door leading from the cellar into the courtyard; and a stable-boy saw Arthur Jermyn, glistening from head to foot with oil and redolent of that fluid, steal furtively out and vanish on the black moor surrrounding the house. Then, in an exaltation of supreme horror, everyone saw the end. A spark appeared on the moor, a flame arose, and a pillar of human fire reached to the heavens. The House of Jermyn no longer existed.

The reason why Arthur Jermyn's fragments were not collected and buried lies in what was found afterward, principally the thing in the box. The stuffed goddess was a nauseous sight, withered and eaten away, but it was clearly a mummified white ape of some unknown species, less hairy than any recorded variety, and infinitely nearer mankind—quite shockingly so.

Detailed description would be rather unpleasant, but two salient particulars must be told, for they fit in revoltingly with certain notes of Sir Wade Jermyn's African expeditions and with the Congolese legends of the white god and the ape-princess. The two particulars in question are these: The arms on the golden locket about the creature's neck were the Jermyn arms, and the jocose suggestion of M. Verhaeren about a certain resemblance as connected with the shriveled face applied with vivid, ghastly, and unnatural horror to none other than the sensitive Arthur Jermyn, great-great-great-grandson of Sir Wade Jermyn and an unknown wife.

ble, articulado sin dudas por la voz de Jermyn.

Jermyn salió del cuarto inmediatamente después, corriendo frenéticamente hacia el frente de la casa como si estuviese siendo perseguido por un horrible enemigo. La expresión en su rostro —que era lo suficientemente espantoso normalmente— estaba más allá de cualquier descripción. Cuando se encontró cerca de la puerta de entrada, pareció pensar en algo y desandó su camino, desapareciendo finalmente mientras descendía las escaleras hacia el sótano. Los sirvientes estaban completamente desconcertados, y miraban a la cima de las escaleras, pero su amo no regresó. Lo único que venía desde allí abajo era el olor a aceite.

Luego del anochecer, se oyó un repiqueteo en la puerta que iba desde el sótano hasta el patio; y un mozo de cuadra vio a Arthur Jermyn, resplandeciendo de pies a cabeza por el aceite y oliendo como aquel fluido, escapar furtivamente y desvanecerse en el negro páramo que rodeaba la casa. Entonces, en una exaltación de un horror supremo, todos vieron su fin. Una chispa apareció en el páramo, se encendió una llama, y un pilar de fuego humano alcanzó los cielos. La Casa Jermyn ya no existía.

La razón por la cual los fragmentos de Arthur Jermyn no fueron recogidos y enterrados yace en lo que se encontró luego, principalmente en la cosa que estaba en la casa. La diosa disecada era una escena nauseabunda, podrida y carcomida, pero era claramente una mona blanca momificada de alguna especie desconocida, menos peluda que cualquier variedad ya registrada, e infinitamente más parecida a la humanidad... de una forma bastante sorprendente.

Una descripción detallada de ella sería bastante desagradable, pero se deben describir dos particularidades puesto que encajan repulsivamente con ciertas notas tomadas en las expediciones africanas de sir Wade Jermyn y con las leyendas congolesas del dios blanco y la princesa mona. Las dos particularidades en cuestión son las siguientes: el escudo de armas en el relicario dorado alrededor del cuello de la criatura era el de la Casa Jermyn, y la sugerencia jocosa de monsieur Verhaeren sobre cierto parecido conectado con la cara arrugada aplicaba con un horror vívido, espantoso y antinatural a nadie más que el sensible Arthur Jermyn, trastataranieto de sir Wade Jermyn y una esposa desconocida.

Members of the Royal Anthropological Institute burned the thing and threw the locket into a well, and some of them do not admit that Arthur Jermyn ever existed.

Los integrantes del Royal Anthropological Institute incineraron el objeto y arrojaron el relicario a un pozo, y algunos de ellos no admiten que Arthur Jermyn haya existido jamás.

ROSETTA EDU

CLÁSICOS EN ESPAÑOL

Una habitación propia se estableció desde su publicación como uno de los libros fundamentales del feminismo. Basado en dos conferencias pronunciadas por Virginia Woolf en colleges para mujeres y ampliado luego por la autora, el texto es un testamento visionario, donde tópicos característicos del feminismo por casi un siglo son expuestos con claridad tal vez por primera vez.

Oscar Wilde escribe una sola novela, *El retrato de Dorian Gray*, ésta fue el objeto de una crítica moralizante mordaz por parte de sus contemporáneos que no pudieron ver que dentro de una trama perfectamente compuesta se escondía toda la tragedia del romanticismo. Cien años después no ha perdido su impacto original y sigue siendo un texto fundamental para los debates sobre la estética y la moral.

Otra vuelta de tuerca es una de las novelas de terror más difundidas en la literatura universal y cuenta una historia absorbente, siguiendo a una institutriz a cargo de dos niños en una gran mansión en la campiña inglesa que parece estar embrujada. Los detalles de la descripción y la narración en primera persona van conformando un mundo que puede inspirar genuino terror.

rosettaedu.com

EDICIONES BILINGÜES

En una atmósfera constante de misterio y amenaza, *El corazón de las tinieblas* narra el peligroso viaje de Marlow por un río (sin duda el Congo aunque no es nombrado en el relato) africano. Lo que el marino puede observar en su viaje le horroriza, le deja perplejo, y pone en tela de juicio las bases mismas de la civilización y la naturaleza humana.

Durante décadas, y acercándose a su centenario, *El gran Gatsby* ha sido considerada una obra maestra de la literatura y candidata al título de «Gran novela americana» por su dominio al mostrar la pura identidad americana junto a un estilo distinto y maduro. La edición bilingüe permite apreciar los detalles del texto original y constituye un paso obligado para aprender el inglés en profundidad.

En *La señora Dalloway* Virginia Woolf relata un día en la vida de Clarissa Dalloway, una señora de la clase alta casada con un miembro del parlamento inglés, y de un ex-combatiente que lucha contra su enfermedad mental. La innovación de la novela es la corriente de consciencia: Woolf sigue el pensamiento de cada personaje, siendo excelente a la hora de narrar emociones, asociaciones y sentimientos.

rosettaedu.com

www.ingramcontent.com/pod-product-compliance
Lightning Source LLC
Chambersburg PA
CBHW061451210726
48287CB00007B/2461